河湟笔记

周存云 著

青海人民出版社

图书在版编目（CIP）数据

河湟笔记 / 周存云著 . -- 西宁 ：青海人民出版社，
2022.2
ISBN 978-7-225-06337-9

Ⅰ . ①河… Ⅱ . ①周… Ⅲ . ①散文集－中国－当代
Ⅳ . ① I267

中国版本图书馆 CIP 数据核字（2022）第025123 号

河湟笔记

周存云 著

出 版 人　樊原成
出版发行　青海人民出版社有限责任公司
　　　　　西宁市五四西路 71 号　邮政编码 : 810023　电话 :（0971）6143426（总编室）
发行热线　（0971）6143516 / 6137730
网　　址　http://www.qhrmcbs.com
印　　刷　青海德隆文化创意有限责任公司
经　　销　新华书店
开　　本　710mm×1010mm　1 / 16
印　　张　14.75
字　　数　150 千
版　　次　2022 年 2 月第 1 版　2022 年 2 月第 1 次印刷
书　　号　ISBN 978-7-225-06337-9
定　　价　58.00 元

作者简介

周存云，男，汉族，1986年开始文学创作，至今在《青海湖》《飞天》《绿风》《绿洲》《红豆》《黄河诗报》《诗江南》《文苑》《散文诗》《西部散文选刊》等省内外40多家报刊发表诗歌、散文诗、散文350多篇，作品入选《建国50周年青海文学作品精选》《2003年中国散文诗精选》等十几种选本，并有作品被中国当代作家代表作陈列馆收藏，已出版诗文集《无云的天空》《远峰上的雪》，散文集《高地星光》和诗集《风向》。曾获青海省第二届青年文学奖、青海省政府第五届文学艺术奖。

湟水河谷（代序）

1

很久以来，我一直以为美好的一切都在那遥不可及的远方。三十年前，我怀揣着一个乡村少年的梦想从湟水岸边的小村庄出发时，并不知道将会在生命的途中经历什么，最终将会到达哪里。当我一点一点地把梦想种植在现实的大地上，在生长与成熟的过程中，我的心灵经历了一次苏醒，之所以这样说，那是因为在我走过许多日子，经历了许多的人和事之后，当又一个秋天悄然而至时，恍然惊觉生命深处对光阴的柔情，仿佛温暖触手可摸，我终于抵达内心的平静。

2

那天，我在湟水岸边沐浴着柔软的阳光，白杨树金黄的叶子使蓝天显得更加深邃，一对喜鹊嬉闹着从我眼前掠过，几只野鸭子在河水中逆流而上，欢快而又安逸，牛羊在安静地吃草，一群麻雀突然从草丛飞上了树梢。眼前的景象，仿佛使我穿行于过去，拥有春梦般美丽的回忆。我在宁静的时光里，沿着一条河回到从前，把那些颤抖的翅膀从高渺天海的岸边收回，把那些成千上万的花瓣捧在掌心，感受天地自然的恩赐。

3

在青海之东，长达近四百公里的湟水河谷，以她的纯朴天然和宽容弥漫着鲜活的生活气息。我不知道该用什么样的语言来描述这里的每一丝空气，花香扑面，一种天堂般的宁静和祥和，仿佛抹去了生命历程中的苦难和艰辛。

万物都在自己的轨道上运行，我觉得自己就是河水中的一块石头，一粒石子，或者是更为细小的沙粒，在时光的浸润中，趋于沉寂和平静。就像岸上的一株草，那些绿过的日子，那些被风摆布无法把握的日子，那些期待和梦想随着生命一起成长的日子，此刻都在一种不断延伸的宁静中，轻轻地打开，而内心的安宁，使我更加清楚地看见了命运的面孔。

4

湟水河像一条飘带从西向东贯穿乐都，使这个经历了岁月沧桑的南凉古城平添了几分灵动的美。这里也是湟水河谷中较为宽阔的地带，多年来，我一直习惯于河岸边漫步，在草滩、小树林、公园中接近自然的同时，也在两岸雨后春笋般耸起的楼群间看到了时代的速度，看到了古城的新貌。

不知何时起，我对自己出生成长的这块地方，竟然产生了前所未有的好奇，我曾在一座明朝的寺院门前，眺望过远方北京城的模样，我曾在彩陶的河岸上，打捞过天使智慧的光芒。到今天才突然明白，在一段残败的古城墙中寻找历史的人，在一枚沙果的芳香里沉醉一生的人，就是把这块土地刻在心头的人。世界广大，但我行走多年，却始终未走出心尖上的村庄，未走出湟水河谷。

5

我曾到达湟水河谷不同的区域，也曾走进黄河谷地的腹地，无论是都市的繁华和喧嚣，还是田野的舒缓和静寂，都让我感到无处不在的熟悉和亲切。每到一处，我都喜欢沿着河岸漫步，一如从前，一如当下，我总感觉一种似曾相识的温暖，使我拥有一种前所未有的踏实。此时，我顿悟对一个地方心存念想或对一种陌生的风景产生惊讶，是因为踏行于此，欣喜地发现它如此符合梦中的家园。

6

抵达内心的平静，是这个季节我最意外的收获，生活竟以这样平淡的方式给我的生命留下了再也无法抹去的记忆。当我不再追逐什么时，我已隐藏了岁月的锋芒，开始一种平静的生活。"花问果实：果实啊，你在哪里，你离我还有多远？果实说：花呀，我就在你的心里。"泰戈尔的诗句如透明的火焰，点燃我的心灯，洞穿远方，一次次抵达旅途的念想，走向梦中的家园。

7

夜色之中，一定还有晶莹如梦的存在，即使不在我的视角之内，却一定潜藏在一个温暖的所在，我已把这个季节的味道、气息藏进每一颗新鲜的浆果之内，在那一滴水穿越了黑暗和孤独之后，在浓郁的思念中凝聚成露珠，在一片萎黄的草叶上写下爱的证词。

8

秋天最后的一个节气就要来临了，但秋霜不是隔开时间的屏障，在大雪覆盖之前，霜染的叶片正以它们生命最辉煌的姿态吐露心语，不只是在这个季节，你才被我如此深切地思念。

今夜星辉依旧，而我面向养育了我生命和梦想的千年河谷，以一朵花的姿势，重新开始芳香四溢、望眼欲穿的守望。

目 录
Mu Lu

瞿昙　隐现在岁月深处的文化密码

1

时间沉淀着美好。

在青海之东，奔腾不息的湟水贯穿西宁海东，途经南凉古城时，与引胜河、瞿昙河交汇于岗子沟口，河水在养育了众多村庄的同时，也在长期的浸润中使脚下的这片土地充满了母性的慈悲。

沿瞿昙河溯源而上，山势陡峭，峡谷幽深，道路蜿蜒，两岸山坡上农家村舍栉次相连，行至二十多公里处，一组古色古香的明代建筑群，突然显现在黄土夯筑的古城堡内。南山积雪终年不化，山下古柏四季常青，牧场田园、风光秀丽，一座规模宏大而又气势雄伟的明代皇家寺院——瞿昙寺，巍然屹立，阅尽尘世六百多年的沧桑。

时间的长河大浪淘沙，存留在岁月深处的便是这块大地上盛开的绚烂花朵，瞿昙寺宛如佛陀手中的莲花，怒放在多少善男信女的心中。是的，多少人在虔诚地朝拜，但也有人在深刻地思考。

不知从何时起，我对自己出生成长的这块土地，竟然产生了前所未有的好奇，当我一点点地不断深入到这块土地的更深处时，我的心灵仿佛经历了一次苏醒，因为恍然惊觉感受到这块土地深厚的恩情。

我多次到过瞿昙寺，一次次把探究的目光深入其中，每次都不断地有新的发现和了解。

瞿昙寺，既是宗教的，也是政治的，最终是文化艺术的。

2

瞿昙寺是藏传佛教的寺院，但它的建筑风格却是汉式的，这在藏传佛教地区是极少见到的。

瞿昙寺的前院宽敞舒适，苍松翠柏间矗立着造型别具一格的左右碑亭，据建筑学家考证，跟北京故宫城墙角楼的建筑风格非常相像。按照汉式的建筑风格，前院应建钟楼和鼓楼，但瞿昙寺为什么却打破了这一常规，而别具匠心修建了御碑亭呢？

瞿昙寺的创寺僧人三罗喇嘛，西藏山南人，是藏传佛教噶玛噶举派创始人玛尔巴的传人。为什么一个西藏的僧人在青海东部的偏远之地建立这样一座规模宏大的寺院呢？瞿昙寺又是何时因何缘由从噶玛噶举派改宗为格鲁派的呢？

明太祖朱元璋给寺院赐名，并御赐用纯金的金片对贴而成的瞿昙寺牌匾，至今仍高高悬挂在瞿昙殿前檐，是瞿昙寺现今最为珍贵，且价值连城的镇寺之宝。

瞿昙寺的中殿叫宝光殿，是明朝永乐皇帝朱棣御赐之名，也是永乐皇帝赐建的，宝光殿佛像下面的莲花宝座是云南大理石雕刻而成的，寺院还有四座从河南浚县运来的花斑石器物座，这些都是永乐皇帝的御赐之物。

明宣宗朱瞻基继位后，继续扩建瞿昙寺，完成了后钟鼓楼、厢廊、隆国殿等建筑，工程十分浩大。明王朝派御用太监孟继、尚毅等人监工，并在工程竣工后，在隆国殿内供立"皇帝万万岁"牌。次年，明王朝又下令从西宁卫百户通事旗军中调拨五十二名兵士到瞿昙寺巡护寺宇，为什么明王朝对瞿昙寺如此尊崇呢？

在接连不断的疑问中，我们感受到了瞿昙寺的不同寻常。

瞿昙寺的修建绝非偶然。

3

瞿昙寺内现存的"永乐敕谕碑"，其文字内容说明了创建瞿昙寺的缘起："剌麻三罗，葳扬佛法，忠顺朝廷，我皇考太祖高皇帝特赐其所居寺额曰瞿昙。"

这与《明史稿》(列传第二百三·西域二)的记载相一致：

"初，西宁番僧三剌为书招降罕东诸部，又建佛刹于碾伯南川以居其众。至是来朝贡马请敕护持赐寺额，帝从所请，赐额曰瞿昙寺。因立西宁僧纲司以三剌为都纲。"

《明史稿》还进一步指出："罕东卫在赤斤蒙古南，嘉峪关西南，汉敦煌郡地也。洪武二十五年（1392年）年凉国公蓝玉追逃寇祁者孙至罕东地，其部众多窜徙，西宁番僧三剌为书招之，遂相继来归。"这说明三罗喇嘛在当时的罕东各藏族部族中享有很高的威望，罕东诸部民众当时不了解明王朝讨伐征战的内幕，纷纷逃避。三罗喇嘛写信让那些部族安定下来，并归顺明朝，这使明王朝清楚地认识到宗教上层人物在信教群众中所起的社会作用。

瞿昙寺有五通明代御制的碑刻，其文字内容记叙了创建和扩建瞿昙寺的经过，并载明了瞿昙寺的管辖范围。特别是永乐十六年（1418年）的敕谕碑等于是永乐皇帝向西宁地区下了一道圣旨，它的大体内容是："皇帝敕谕西宁地面大小官员、军民、诸色人等：佛教从西方传入我国，久兴不衰，它以四大皆空为宗，普度众生为心，旨在教化普天下之人以善为本，功德无处不在。为了以佛的教义教化众生强不凌弱、大不欺小，平息争斗之风，现有灌顶净觉弘济大国师班丹藏卜在西宁地区盖起佛堂，朕特赐名宝光，你等要尊崇其教，要让本寺僧人自在修行，为大明王朝祈祷祝福，对本寺的寺产和僧侣不能随意侵占和欺凌，本寺僧人或走或住，顺其自然，不得随意阻拦，应当以兴隆佛教，广大佛法来保一方平安，谁胆敢不尊朕命，不敬三宝，故意生事，玷污佛祖者必罚无赦，故谕。"永乐皇帝的敕谕碑巩固了瞿昙寺在明王朝中的重要地位，也为瞿昙寺后来的发展奠定了坚实的基础。

历史是一个环环相扣的链条，它真实地存在着，对某一个环节的不断深入，会让我们看清一段历史的轨迹。

瞿昙寺碑匾文字中的记事部分是很有价值的明代历史资料和青海地方志资料，是我们解开瞿昙寺种种谜团，考证瞿昙寺历史不可缺少的金石文献。

4

明太祖朱元璋赐名瞿昙寺，封三罗喇嘛为西宁僧纲司都纲，"继将班丹藏卜、索南坚参等亲枝徒僧自幼赴藏学习经典。"这首先确立了三罗喇嘛在西宁卫的宗教领袖地位，也有意培养了其家族的宗教继承人。

三罗喇嘛于1392年创建瞿昙寺，经过明王朝历代皇帝的尊崇与支持不断发展壮大。明王朝十六个皇帝中先后有七个皇帝为瞿昙寺赐建寺院，书写御碑牌，赠送大量的珍贵物品，明王朝还多次派太监到瞿昙寺视察，赐给该寺山场、园林、田地，领属十三寺，管辖七条沟，调拨五十二员旗军护寺。

如果说明太祖为瞿昙寺上层在青海的立足奠定了基础，那么明成祖使瞿昙寺上层在经济上享受种种特权，将瞿昙寺

上层抬到了更高的地位，明成祖以后的明朝历代皇帝进一步
使这种特权得以延伸和发展。

从瞿昙寺的创建经过和明王朝对寺院上层喇嘛大加扶持
的历史中，我们看到了瞿昙寺上层依附明王朝的实质。

史书记载，洪武二十六年（1393年），三罗喇嘛带着弟
子和许多贡品，不远万里，跋山涉水到当时的京城南京觐见
朱元璋，请求朱元璋为他的寺院赐名，也请求大明王朝支持
他的这座寺院。可以想象，会见的过程，两人定是相谈甚欢。
雄才伟略的朱元璋一方面要褒扬三罗喇嘛为安定青海作出
的贡献，同时他也在中国西北地区找到了一个替明王朝以政
教合一的形式统治少数民族的代表人物，他清楚地知道，加
强西部边地的统治，建一处寺院胜养十万雄兵，御笔一挥，
敕赐瞿昙寺的金字牌匾就高高悬挂在了瞿昙殿前。而智慧
的三罗喇嘛也深深地知道只有紧紧依附明王朝，得到大力扶
持，才能实现他弘扬佛法的宗教事业。

5

元代，甘青地区成为藏传佛教从西藏地区向蒙古地区传
播的走廊，设于甘州（张掖）的纳邻驿道是藏传佛教僧侣进
入蒙古地区的捷径，因而甘州成为当时藏传佛教北传的据点
之一。噶玛噶举派第二世活佛噶玛拔希曾在甘州传教弘法，
建立寺院。元朝覆灭，洪武三年（1370年）后，明朝占据河湟、

河西地区，并建立统治秩序。如何控制河湟地区乃至整个青海，关系到明朝西陲的安定与否。作为中原进入涉藏地区腹地的必经门户的河湟地区，对于明朝能否对整个甘青涉藏地区乃至西藏地区实行有效统治起到关键性作用，为了加强西北的军事防务，达到"抗元保塞"的目的以及加强对涉藏地区的管理，明朝分别从军事、政治、经济等方面采取了不同的政策，加强了对河湟地区的统治。明代，在全国设置 16 个都指挥使司，在边境海疆则增置行都指挥使司，下设卫所。河湟地区"北拒蒙古，南捍诸番"具有重要的战略地位，洪武六年 (1373 年) 改西宁州为西宁卫，卫下辖中、左、右、前、后 5 个千户所。洪武十一年（1378 年），在碾伯置庄浪分卫，半年后改为碾伯卫，后废，移西宁卫右千户所于此，河湟地区被纳入明朝卫所体制的管理与统治之下。明王朝在河湟地区实行"土汉参治"，河湟地区降附明朝的元朝官吏和一部分部落头人，在地方上有着一定势力和影响，明王朝要稳定少数民族聚居的河湟地区，在许多方面都需倚重他们，于是，对这些故元官吏和部族首领封授官职，称为土官，土官由兵部任命，承担保护边塞、守卫地方及朝贡、纳税和奉调率部出征的义务。土官可以世袭，子弟世代相传，无子弟者，甥、婿可以继承。土官有自己的"赐"地与属民，在属民中享有一切权利。土民耕种土官的田地，或在其辖区内垦荒耕牧，听其派纳赋税，战时青年男子自备武器、口粮，随土官奉调出征。经过长期的发展演变，到后期，有些土官辖地日广，辖民日众，有坐大成患之势，明王朝为了加强控制，在河湟地区实行"土汉参治"的政策，据《明史》卷三三〇《西域传》载"土官和汉官参治，令之世守"的政策，选派内地汉官前来与土官共同任职于卫所，一则利用其丰富的经验加强对地方的管理；二则也防止土官坐大成患。土官除了直接统治自己的属民与辖地外，作为地方官，也根据其职务的大小，协助汉官协调各土官之间的关系和管理不属土官之编户办理的地方事宜等。不论土、汉各官，均统辖于都司，听命于朝廷，土官在安抚各部、调解纠纷、平定叛乱、听从征调、抵御侵扰等方面发挥了汉官所难以发挥的作用。《清史稿》卷五百十六《土司六》载，河湟地区土官"有捍卫之劳，无悖叛之事"。很多土官都因立有战功受到明廷的重用和奖赏。

明代对于藏传佛教的政策基本承袭元制，采取了"因其俗尚，用僧俗化导为善"的策略，以求达到"安抚一方，共尊中国"的目的，承认并发展了其政教合一的统治制度，但是改变了过去独尊萨迦派的政策，实行"多封众建"，对藏传佛教各派首领均予尊崇封号，对进贡番僧均予优厚赏赐，允许修建寺院，并赐封土地，专敕护持。先后封授了三个"法王"（即大宝法王、大乘法王和大慈法王），五个"王"（即阐化王、赞普王、护教王、阐教王、辅政王）、十五个"灌顶国师"以及一批"西天佛子""大国师""国师""禅师""都纲"等，建立了一套僧官制度。这些僧官不仅管辖寺院僧众，而且也管理寺院附近的部落，其中规模最大者为洪武二十五

年（1392年）赐额的瞿昙寺，明王朝先后有七个皇帝为瞿
昙寺颁布敕谕，并为该寺封授大国师、国师、都纲各一，颁
金、银、铜印和佛像、袈裟诸物多件，还赐予该寺大量田地、
园林、山场。瞿昙寺领有13个属寺，管辖四周大范围的藏
汉各族群众，瞿昙寺主紧紧依附于朝廷，集政教权力于一身，
成为当地的实际统治者。而明王朝也通过这种优容宗教的策
略，进一步加强了对青海地区的统治。

6

　　除了扶持佛教，实行政教合一统治制度外，在广大涉藏
地区，明朝还进一步发展和完善了茶马互市制度，利用经济
手段加强了对涉藏地区的统治。

　　明代青海绝大部分地区居住的是以畜牧业为主的少数民
族，如藏族、蒙古族等，青海出产的良马，是明政府因国防
之需而急欲得到的。各少数民族人民长期以来业已养成饮茶
的习惯和嗜好，但茶又产于中原地区，于是明政府继承唐宋
以来与西北少数民族实行茶马互市的做法，实行茶叶专卖，
与藏族和其他少数民族开展茶马贸易，并制定了更加完备的
茶马市易和差发马匹制度，利用官方控制的特殊贸易形式，
加强对少数民族经济的控制。

　　明王朝对青海的统治秩序建立起来后，在冲要隘口驻兵
防范，对境内少数民族部落之间的掠夺行为尽量制止，对各

族人民的反抗坚决镇压，对边远少数民族部落"叛则剿，顺则抚"。由于明朝根据青海多民族杂居，经济文化比较落后的特点，采取了一系列因地制宜的政治措施，因此很快出现了政局稳定、边防巩固的局面，从宣德年间至正德初，青海境内未发生大的战事。

明王朝在西宁一带，有对西南的战事，也有对西番的战事。就在罕东归顺之后，"癸丑，四川建昌卫指挥使伊鲁特穆尔叛，诏蓝玉移师讨之"（《明通鉴》卷十纪十太祖洪武二十五年）。再如，孝宗弘治八年（1495 年）平定土尔番（哈密）之乱，也动用了罕东一带的兵力（《明通鉴》卷三十八孝宗弘治八年）。从这些记载可以看出河湟地区的战略地位，这里稳固了，既可防蒙古部落，又可进河西走廊和西南地区，而背后的涉藏地区腹地，更是西部稳定的重要保障。如此背景，明朝中央政府重视瞿昙寺这个面对涉藏地区的窗口，就不难理解了，从敕赐的几块碑文匾额，也可以看出明代皇帝对瞿昙寺的高度重视。瞿昙寺在明王朝历代皇帝的大力扶持下，成为河湟地区最有势力的一座寺院，明王朝对瞿昙寺的不断营建和大力扶持，其最终目的是为了在西宁地区树立中央王朝的权力和威严，同时也体现了瞿昙寺在中央王朝对西部边陲地区的实际控制管理中的特殊地位和重要性。

由此可见，瞿昙寺的修建是明初对藏地政策形成期的一个重要事件。

瞿昙寺的兴起，其实是明王朝安定边地的战略措施，从瞿昙寺外残留的城墙可以看出，明朝初年的瞿昙寺绝不仅仅是一座佛教寺院，而是西部边陲的战略要地。

对于多数人而言，河湟谷地是偏远之地，不足为道。但是，对于具有战略眼光的明王朝而言，河湟"北拒蒙古、南捍诸番"，东与河西相邻，西与广袤的藏地相连，可谓吞吐万汇、气势不凡，是十分重要的纽带和节点。以至于后来我一次次走进瞿昙寺时，每次都会领会到明代的帝王穿过瞿昙寺这扇窗口张望西部边陲的目光。

至此，不难理解，为何在藏传佛教传播地区修建了一座汉式建筑风格的寺院，又缘何在前院打破常规修建御碑亭。因为碑文都是明代的皇帝为瞿昙寺题写的，在后院隆国殿供立"皇帝万万岁"牌，显示了皇权和威严，同时也是歌颂永乐皇帝尊崇佛教，兴修寺院，弘扬佛法，呈现大统天下盛世的功德。

7

元末明初，噶举派兴起，为了与萨迦派一争高下，噶举派高僧们四处弘法。由于河湟一带的噶举派影响不大，所以理所当然地成为噶举派弘法的首选之地。

瞿昙寺开创者三罗喇嘛为噶举派高僧，在他的不懈努力下，瞿昙寺发展成为永乐和宣德时期噶玛噶举派的重要寺院。

噶玛噶举派在藏传佛教各派中率先采用活佛转世制度，先后建立过若干活佛转世系统，其中影响较大的是黑帽系和红帽系。噶玛拔希（1204—1283年）是藏传佛教噶玛噶举派第二世活佛，也是著名上师。公元1256年，噶玛拔希接到元宪宗蒙哥召他会晤的诏书，他欣然随使臣到达和林，受到蒙哥和阿里不哥的宠信。蒙哥赐给他金印、白银，还赐给他一顶金边黑色僧帽，这就是噶玛噶举派得名黑帽派的来源。红帽系是噶玛噶举派的另一个活佛转世系统。这一转世系统一共有十世，大都热衷于政治权势，第十世却朱嘉措因勾结廓尔喀人入侵骚扰后藏，于是红帽系被清廷下令禁止转世。黑帽系四世活佛乳必多吉1358年应元顺帝之召动身赴京，路经青海宗喀时，为刚满3岁的宗喀巴授五戒，元灭亡后，明太祖派人召请藏族僧俗领袖进京，乳必多吉也在被请之列，1374年，他去南京朝觐。乳必多吉之后的五世噶玛巴活佛得银协巴于永乐四年（1406年）受明成祖之召进京，次年春在南京灵谷寺建普度大斋，为太祖皇帝和孝慈高皇后荐福，被封为"大宝法王"。此次普度大斋的盛况和祥云毫光的祥瑞景象被详细反映在当时绘制的一幅长卷画中。这幅长卷就是明成祖永乐五年（1407年）赠予大宝法王得银协巴的丝唐《明大宝法王建普度大斋长卷》。此画原藏楚布寺，1959年进行文物普查时，移存于罗布林卡，现在展览于西藏自治区博物馆。此后，历辈噶玛巴黑帽系活佛都被封为"大宝法王"，地位高于"大乘"和"大慈"两法王，成为当时藏传佛教领袖人物中的最高封号。"大宝法王"曾是元朝封给萨迦派领袖的尊贵称号。明成祖以此称号来封得银协巴，表明了噶玛噶举派黑帽系在当时藏传佛教的地位和影响超过了萨迦派等其他派。

1642 年，卫拉特蒙古固始汗迎请五世达赖到日喀则，把西藏地方的全部政权以及第悉藏巴的溪卡桑珠孜得到的财富都献给了五世达赖，建立了甘丹颇章政权，原来一直与格鲁派斗争的黑帽系十世曲英多吉不得不接受格鲁派的领导，格鲁派还在噶玛噶举派的主寺楚布寺中派驻一名僧官，以示监督。在宗教地位上，五世达赖正式取代了噶玛噶举派的黑帽系十世曲英多吉，成了藏传佛教地位最高的宗教领袖。

在这样的背景下，瞿昙寺不得不由噶玛噶举派的寺院改宗为格鲁派的寺院。

8

瞿昙寺在明朝声势显赫了二百多年，但随着明王朝的衰落，瞿昙寺也同步走向了衰落。在明末崇祯年间，农民起义军首领李自成派大将贺锦率兵西征来到青海，当地的很多藏族部落都没有抵抗，而世受明王朝皇恩的瞿昙寺属民卓仓藏族起兵反抗，受到了农民起义军的沉重打击，瞿昙寺的属民人口剧减，香火衰落。

清王朝建立后，瞿昙寺上层僧人曾给顺治皇帝写奏章，请求清王朝对瞿昙寺在明代的地位予以认可。

《大清会典》载："顺治十年阐化王遣索南木比拉习等进贡。"

陕西总督奏称：西宁卫瞿昙寺九寺国师，禅师喇嘛进贡，缴明所给诰敕印劄，恳请换给礼部题准瞿昙寺国师公葛丹净为灌顶净觉弘济大国师，给渡金银印一颗；渣思欢卓儿封为观定广济弘善国师，给慈光普照象牙图章一方，各给诰命敕谕一道。其都总拉思俄卓儿给都总敕谕一道，铜印一颗（《古今国书集成·边裔典》）。

瞿昙寺上层要求承袭明代旧制一事发生在顺治八年（1651年），从以上引文中得知，直到顺治十年（1653年），陕西总督才把这一要求报告给顺治皇帝，而且清廷礼部是否题准，一直没有下文。这时，清王朝的目光已转向青海后起的塔尔寺、佑宁寺等。这些寺院的宗教上层后来受到清王朝的册封，他们受到很高的礼遇，取代了瞿昙寺上层在明代享有的地位。瞿昙寺失去了清王朝的支持，逐步走向衰败。尤其是雍正年间，青海的蒙古贵族罗卜藏丹津起兵反叛朝廷，瞿昙寺的僧侣也加入了反叛行列，雍正派大将年羹尧和岳钟琪征讨青海叛军，大战于佑宁寺，瞿昙寺住持阿旺宗泽被擒，并被关押在兰州七年，瞿昙寺的僧兵和卓仓地区的藏兵损失殆尽，使瞿昙寺又受到了一次沉重的打击，从此一蹶不振。之后，清朝取消佛差，命"粮入大仓民归县"，将瞿昙

寺所管理的信民和田园土地全归县府。从此清王朝停止了对
瞿昙寺的赏赐,中断了七条沟农民所缴纳的粮草赋税,使该
寺经济上遭受到很大的损失,瞿昙寺愈发走向衰落。瞿昙寺
僧人到明末时达五百余人,到清末减至三百余人。1949年
前寺僧仅剩六十余人。1958年后,瞿昙寺成为青海省保留
的十一座藏传佛教寺院之一,"文革"期间关闭,1980年重
新开放,近年来只有十余名僧人驻寺。

9

历史上瞿昙寺曾领属十三寺,在西宁一带居于较高的地
位,但十三寺的全部情况缺乏详细的记载,在乐都区域内规
模较大的是药草台寺和普拉央宗寺,药草台寺为瞿昙寺下
院,是瞿昙寺僧人的主要学经处,普拉央宗寺则为主要静修
地。

央宗之地早在唐文宗李昂开成三年(838年)之前,就
已经建立起来,并有名僧在这里住洞修行。唐武宗李炎会昌
二年(842年)之后,央宗的声誉就在西藏传开,进入鼎盛
时期,是藏传佛教在青海地区最早的传播地之一。在藏传佛
教史上,乐都的央宗与平安的夏宗、兴海县的赛宗、尖扎县
的阿琼南宗齐名,并称"安多藏地的四宗"。央宗是西藏佛
教后弘期奠基者修炼的圣地,成为藏传佛教兴衰、发祥转折
的见证地之一。

公元 7 世纪佛教传入我国西藏地区，8 世纪末在西藏地区得到很大发展，史称"前弘期"。9 世纪中叶，达磨赞普灭佛，西藏本土禁止佛教流传，佛教一度陷入灭绝的境地。据藏史名著《西藏王臣记》记载：9 世纪中，也就是唐朝末期，今西藏地区苯教与佛教的斗争达到了针锋相对、势不两立的程度，这种斗争反映到吐蕃宫廷内部和王族亲属之间，并且和政权争夺搅在一起，导致了在藏族历史上和佛教历史上达磨灭佛的重大事件。据《通鉴》记载：文宗开成三年（838 年），"吐蕃彝泰赞普卒，弟达磨立"。达磨上台后，在反佛大臣的支持下，猛烈摧毁佛教。《布顿佛教史》称：他们"捣毁译师班智达翻译佛经的译场；……对有成就的僧人加以驱逐；对信仰佛教者令彼等持弓、箭、鼓、铍，被派前往狩猎，凡不听从者均加以杀戮"。《新红史》追述道："大部分僧人逃往外地，未逃者沦为俗人，不听命者遇害，一些人被拖回，当作诸王臣上下马用的马凳。"当时，在雅鲁藏布江南岸曲水河边曲卧山精舍静修的禅僧藏饶赛、尤格琼、玛尔释迦牟尼三人尚不知佛教蒙难，一日见一位穿僧裙的僧人在追猎，问其缘故，方知禁佛情形，遂驮《羯磨百论》等律藏经卷一驮，夜间行走，白天隐蔽。取道阿里、尕洛，经北路经新疆南部，辗转来到青海黄河下游谷地，先居今黄南州尖扎县城北约 40 公里处坎布拉林区的阿琼南宗，后移居今化隆县金源乡境内的丹斗地方，后又来到乐都央宗和互助白马寺修行。继藏饶赛等三人之后，又有一位名僧从西藏来到央宗，他就是拉陇华吉多杰，达磨赞普当上后，不仅极力消灭佛教，还"嗜酒、好畋猎、喜内、且凶愎少恩、政益乱"（见《新唐书·吐蕃传》）。这就引起了广大藏族人民的不满和反抗。唐会昌六年（846年），武将出身的僧人拉陇华吉多杰，传说受大昭寺吉祥天女护法的指使，设计箭杀达磨赞普。拉陇华吉多杰遂逃至青海，曾在乐都央宗的山洞里避祸修行。

央宗有四大古洞，都是高僧曾经修炼之洞。一是胜乐洞，此为唐代吐蕃圣僧德木却乎修行的洞，今人称为大洞；二是三贤洞，就是藏饶赛等三人修炼之地，在曲尼沟北坡的山岩上有三个古洞，按其位置被称为上洞、中洞和下洞，上洞是藏饶赛、尤格琼、玛尔释迦牟尼三人共同修炼的洞府，又称三贤洞；三是华吉多杰洞，是拉陇华吉多杰修炼的洞府；四是光明天女洞，称为下洞，是唐代当地吐蕃僧人多杰帕毛修行的洞府。三贤洞和华吉多杰洞是西藏四位高僧的修行洞府，在藏传佛教史上有极其重要的地位。央宗也正是在这一点上，起到了藏护圣僧和保存佛教律藏经典的重大作用，在某种意义上也挽救了与宗教通融的藏族文化艺术，因而使央宗名扬藏地。一千多年来受到藏、土、蒙古族人民的崇敬。

历史上央宗一直是僧人修炼之圣地，到了明万历四十七年（1619年）药草台寺建成后，央宗寺成为瞿昙寺药草台寺僧人闭关静修的主要静房。

10

三罗喇嘛曾在青海湖海心山长期修行，他的佛法知识和修行精神在环湖地区影响很大。三罗喇嘛后来率其部族向青海东南部迁徙，他自己在现在瞿昙寺附近的"官隆古洞"继续修炼。

据谢佐先生描述，官隆古洞比一间房子稍大一点，坐西面东，洞壁为砂石层，大约为活砂石剥脱，抹以红泥，洞壁间有凹形台龛，可能是供佛之处。出洞门，人在半山中，极目远眺，青山、村落尽在苍茫中。洞周野葱花开，点点红绒；足下峭壁千仞，莫敢俯视。

在中国佛教史上，除修建寺庙塔殿之外，佛教徒们多曾利用自然洞窟，稍加雕凿，即成栖身之地，称为佛窟。官隆古洞因是三罗喇嘛的修炼地而出名，作为佛门的历史陈迹，引发我们想象当初三罗喇嘛是怎样在此苦心修行。

11

瞿昙寺的前院有一些名贵的树种，其中有十三棵菩提树，也叫菾檀树或无忧树，是源于印度的，距今已有几百年的历史了。据传说，佛祖释迦牟尼出生在菩提树下，也悟道成佛在菩提树下，最后又涅槃于菩提树下，菩提树就是佛的化身，每一片树叶就是一尊佛像。据说当时瞿昙寺每年都有几次大的宗教活动，如农历正月十五、四月初八、六月十五都有隆重的宗教仪轨。寺院举行宗教仪轨的日子，渐次形成了山区群众的集会，俗称为赶庙会，四面八方的信徒到该寺进香还愿，倒也香火兴旺。但是我几次与寺院的僧人交流当时寺院举行的大的宗教活动情况时，现今的僧人都不甚清楚。

史书记载，1581 年，三世达赖喇嘛与俺答汗在青海湖仰华寺相会后不久，便风尘仆仆来到瞿昙寺释法布经，他看到寺与村庄相邻，不利僧人习法，建议另辟习法之所，寺院方面欣然接受，经过 30 余年筹备，终于在 1619 年建成了习法之地——扎西当噶（汉语俗称药草台寺）。从此，扎西当噶成为瞿昙寺的习经学院，全寺僧人均在扎西当噶修习法典。

继三世达赖之后，五世达赖亦亲莅扎西当噶讲法，扎西当噶的寺规就是由五世达赖亲手草拟撰写的。五世和六世班禅还从遥远的扎什伦布寺寄来了他们的馈赠品。历代达赖和班禅的扶持使扎西当噶佛光四射，声名远扬。僧人在本寺学成后，多进入拉萨三大寺深造，精修苦研显密两宗和瑜伽法理，涌现出不少高僧大德。寺院平时聘请拉卜楞寺活佛高僧来寺讲经释法，创建有长净、安居、解例等三事规范仪则。按月辩经，寺规严格，长期传承，香火不衰，而瞿昙寺逐步演变为卓仓部落政教合一的管理机构。因此，当时瞿昙寺和扎西当噶名称虽异实为一体，不分彼此。

值得一提的是，瞿昙寺隆国殿内有一棵裹着绫绸，挂满荷包、童鞋的"珍珠树"。其实"珍珠树"是旃檀木，顶端罩有铜帽，中间镶有沉香木一尺二寸，上有铜牌一块，镌有"大明宣德年施"字样。这株旃檀木被后来的善男信女们奉为神树，成了向神明祈求儿女的地方，但其中的缘由至今仍不甚了然。

12

瞿昙寺整个寺院被包围在土筑的堡城之中，从遗留的墙体残段和基址仍依稀可辨原先的规模。进入瞿昙寺前必须穿过寺前的瓮城，虽然瓮城已被破坏，但我还记得在早期进入瞿昙寺时瓮城残存的高耸城墙和陡峭的登道，而今这些遗址已荡然无存。但从当时基址现存的地形环境可以想见，它设计上的独具匠心以及其在当时防卫上的重要作用。

寺院完全沿中轴线左右对称布局，主要的建筑都坐落在中轴线上，周围则利用平矮而延续的廊庑与围墙衬托着中间崇高的殿宇。而廊庑之上，围墙之间，又起楼阁碑亭，使整个建筑群的面貌更加错落有致。

从山门到隆国殿，寺院建筑由三个各自独立的院落组成，穿过山门为前院，院内遍种花草树木，建筑稀疏，仅有左右相对的两座碑亭矗立其间。庭院周围圈以简洁的院墙，唯前望金刚殿低矮而灵巧的悬山顶与低平的廊庑作为院落空间的背景在花影树荫中隐隐而现，整个院落显得十分平展和空阔。

穿过金刚殿进入中院，立即呈现出一种与前院截然不同的空间氛围，瞿昙殿跃然眼前，几乎遮挡了整个视角，亦以左右朵殿相配，而且殿前设置影壁，殿后挡墙高垒，院之四围，四座佛塔，并以楼廊包围，空间显得狭小、闭塞并略显拥挤，同时也营造了一种神秘的宗教气氛。

由中院两侧的斜廊引步而上来到后院，又进入了一个新的空间境界。后院前部的回廊前特意设置隔窗，使人不能一下子尽览后院，无疑成为从中院来到后院的过渡，这是中国建筑布局设计中一种惯用的"欲擒故纵"的手法，等到走出封而不闭的回廊，便显后院殿崇院阔、廊轩台明的景象，有一种庄严、崇高、明快、简洁的感觉，这里是寺院建筑艺术的高潮。登台上楼，寺内寺外风光尽入眼帘，雄伟的建筑融于自然的气魄之中，更显浩然坦荡。

据有关专家考证，瞿昙寺的建造顺序是由中院而后院，然后再扩展到前院，逐步兴建起来的。中院建于洪武，形成于永乐，历史最为悠长。

瞿昙寺殿两侧设朵殿，朵殿虽小，却也采用周围廊的形式，小巧玲珑。殿之四隅，配着形式和大小相同的佛塔，又称"香趣塔"，塔的建置年代没有确切记载。四塔依殿之四隅建筑，共同组成立体的"曼陀罗"，即佛教坛城，这是藏传密佛教寺院建筑中常见的造型主题和布局方式。

宝光殿位于瞿昙殿之后，是永乐扩建时最重要的建筑。

殿身纵横三间，平面约呈正方形，开间广阔，较之瞿昙殿规模更大，它的建成虽晚于瞿昙殿二十多年，但建筑形式及构造特色与瞿昙殿极为相似，在两旁亦设置左右朵殿。与宝光殿同时还建有金刚殿、三世殿、护法殿、周围廊庑和小钟鼓楼，它们在建筑形象、结构手法、装饰细部、彩画风格上都与宝光殿同出一辙，整体十分协调。周围回廊起于金刚殿两侧，左右连小钟楼、小鼓楼，后部两头分别斜起，与后院的回廊相接。

后院的营建可以说是瞿昙寺建筑的高潮，这一次的兴建与前大不相同，除由皇朝差派官员携资督工外，建筑的现状表明随之而来的还有从京师派出的能工巧匠。后院建成于宣德二年（1427年），距永乐建成的中院仅仅相差十余年，但建筑的造型及结构风格都与中院大不相同。整组建筑完全采用了当时宫殿建筑的最新设计，从殿宇的台座钩栏，到殿身的结构装修，完全照搬宫殿建筑的程式手法。

瞿昙寺的后院是以北京故宫为蓝本的汉式宫廷式的建筑群，整组建筑完全采用了当时北京故宫建筑的最新设计。后殿隆国殿是整个瞿昙寺建筑中最富丽堂皇的一座殿宇，屹立在全寺最高处的一座宽大的台基上，前面伸出月台一方，月台左右各设踏跺九级，四面绕以红砂石栏杆。建筑学家说那石栏杆"望柱头雕作宝珠，扶手下面雕荷叶净瓶，栏板部分仅浅雕海棠池子，不雕花饰，望柱和栏板比例拙壮，雄浑庄重"，又说隆国殿的四抹隔扇上木雕的"簇六雪花纹玲珑剔透，十分精细；裙版部分剔地起雕三幅云，婉转丰满，朴素大方"。在谈到这一建筑艺术的渊源时，认为"这一组隔扇与北京明长陵祾恩殿的外檐装修，在形制和权衡比例上可谓同出一范，但是雕作工艺却比长陵大殿的装修更加精致，而与北京明正统智化寺如来殿的隔扇可相媲美，是明代小本作中的杰作"。建筑学家们对瞿昙寺的建筑艺术给予了很高的评价。

隆国殿前两侧，分立大钟楼、大鼓楼，两楼互相对峙，与大殿组成了一殿二楼的布局，也是当时最流行的建筑组合的形式，两楼下层与回廊连檐通脊，一气呵成，上层自廊顶挺拔而出，既奇异又得体，有一种造型上独特的协调感。

青海考古所的张君奇先生是古建筑专家，曾参与瞿昙寺的维修工作。他说，瞿昙寺院内最宏伟的建筑隆国殿及两侧抄手斜廊，就是依照故宫太和殿的前身明代的奉天殿为蓝本建成的，而隆国殿左右对称的大钟楼、大鼓楼，则是依照奉天殿两侧的文昌阁和武昌阁（清代的体仁阁和弘义阁）建造的，"它们无论从土木结构、斗拱形制，还是四抹隔扇上的'簇六雪花纹'、枋头'霸王拳'、屋顶吻兽小跑、平座滴珠板、鼓镜柱础，均与故宫建筑一致无二"。高大雄伟的隆国殿矗立在红砂雕刻的高 2.3 米的塔埂之上，雕梁画栋、青砖碧瓦，蔚为壮观，充分显示了皇家建筑的雄伟气魄。

瞿昙寺前院的扩建是随着后院隆国殿等重要建筑完成后兴起的，院内的左右御碑巍然屹立，其中分别保存着两通洪熙和宣德皇帝敕谕碑，其中的宣德"御制瞿昙寺后殿碑"明确地记录了隆国殿建筑的缘起。两碑碑身高阔厚重，上刻螭首，下设须弥座，造型比例浑厚，雕刻精细且繁简适宜。高耸的碑亭与中、后院的钟楼遥相呼应，丰富了寺院建筑的轮廓线，加强了整体建筑的表现力。

瞿昙寺地区民谚流传："去了瞿昙寺，北京再甭去。"还有人把瞿昙寺称为高原"小故宫"，意思是指隆国殿和大鼓楼、大钟楼等建筑是仿照北京紫禁城的宫殿建造的，这虽然尚未见明确的文字记载，但这组建筑的规制及配置，与明故宫的奉天殿、左翼的文楼以及右侧的武楼，却有许多吻合。

古代高明的建筑学家们绝妙地利用了当时的地形特征，在"瞿昙池"上建起一座雄伟壮丽的隆国殿，那瞿昙池上面又盖了"泉神堂"。真是寺内有殿，殿内有堂，僧人们从瞿昙池取"净水"供佛，被传为美谈。距今六百年而殿宇地基无损，不得不惊叹于建筑构思之奇巧，堪称古代建筑史上的奇迹。

13

据古建筑学家研究考证，瞿昙寺隆国殿以抄手斜廊与两侧廊庑相属的组合关系是摹自明初的紫禁城，从中国古代建筑发展史来看，这种制度曾是唐宋以来宫殿、祠观、庙宇的定制，明代的《明人宫殿图》和清代的《皇城宫殿衙署图》

都展现了斜廊的形象。但实物遗存却已非常罕见，故宫奉天殿抄手斜廊的昔日辉煌，今天却从瞿昙寺隆国殿的实物遗存中映现出来。

抄手斜廊，实际是古代建筑以院落作为群体空间组合的主要方式的必然产物，在院落式的空间组合中，由于建筑在高台上的主体建筑一般体量较大，地势较高，两侧廊庑则地势较矮，为使两侧廊庑与主体建筑得以连缀，势必要将抄手斜廊做成升向主体建筑的爬山斜廊的形式。从建筑空间的审美艺术来讲，廊子本身作为围合空间的界面形象，虚实相生，光影变幻莫测，而抄手斜廊使两侧廊庑延绵而来的气势得以连贯并形成高潮，使主体殿堂得到充分的烘托映衬，显现出非同凡响的雍容大度和尊崇神圣。

样式繁多，造型各异的青瓦吻兽是瞿昙寺建筑的又一大特色，瞿昙寺建筑有官式做法和地方做法两种类型，与其相符，吻兽也有官式和地方两种手法。官式吻兽是寺院初建时，明永乐年间由御用太监孟继等奉旨修寺，调遣的宫廷工匠所制，这些官式吻兽规制统一，形象优美，制作精良，与故宫早期琉璃吻兽同出一辙。瞿昙寺的地方吻兽也很丰富，与寺院地方建筑相配，也有一部分是后来维修时将破损的官式吻兽换成地方吻兽的，其样式千变万化，手法自由怪异，显示着地方工匠鲜明活泼的艺术个性。

古老的瞿昙寺经历了六百多年的风霜雨雪，屋脊上的吻兽如同守护神，忠实地挺立在各自的岗位上，沉默而威严，它们个个生气勃勃，姿态万千，愚顽中透出一股难以言喻的灵气，似乎它们不是人工创造，原本就是大自然中某种生物脱模而出。六百年的风雨没有改变它们的神韵，这些无言的建筑装饰显示着漫漫的岁月，用无形的文字书写着六百年的沧桑。

瞿昙寺是我国西北地区迄今为止保留最为完整的明代汉式建筑群。虽然历朝历代对瞿昙寺都进行了不同规模的重建与维修，但仍然保留了这古色古香的建筑风貌。1982年瞿昙寺被列为国家重点文物保护单位后，政府多次投资，本着以旧修旧、修旧如旧的原则加以维修和保护，使瞿昙寺再现了古朴、古旧的原貌。

瞿昙河两岸的村庄随着时代的变迁也在不断地变化着，雨后春笋般矗立的砖混结构的小楼正取代着用朴实的泥土夯筑的庄廓院，而田野里生长的麦子和油菜花依旧用它们鲜明的色彩装饰着大地，随地势起伏，色调明暗变化，层次丰富，呈现出一种独特的自然之美。

瞿昙河两岸的风光是美丽的，但更美的是瞿昙寺百年不变的古朴风貌，展现出一段原汁原味的旧时光，在你不断深入的关注中，那种暗暗传递的美，如大地上飘荡的花香，逐渐浓郁，直抵你的内心。

14

隆国殿内有一尊石雕，象背鞍炉上托起石雕的叠云，云间架起一面真鼓，俗称这件艺术品为象背云鼓。

象背云鼓的制作者将鼓的实用性和工艺美术，以及佛教内容巧妙地结合起来。卧象之下雕有须弥座，使整个工艺品置地平稳。卧象背部雕了香炉，香烟缭绕，云烟呈月牙形，正好安放一面真鼓。整个构思富有浪漫色彩而又具备了艺术创造的合理性。

瞿昙寺的建筑中体现了高超的木刻砖雕技艺。木刻的隔扇、裙版，有的剔透玲珑，有的丰满大方，千姿百态，叫人赞叹不已。砖雕将大自然中引人喜爱的动植物、山石云彩等经过艺术加工展现在人们眼前，使人赏心悦目，百看不厌。

瞿昙寺不仅建筑年代久远而且包罗万象，官式建筑与地方手法交相辉映，它的建筑、石雕、木刻、板画砖雕、瓦当都具有很高的观赏价值，它以极其珍贵的历史文物价值和建筑艺术价值，被古建筑专家罗哲文先生誉为"国宝中之国宝"。

斗转星移，光阴荏苒，瞿昙寺这座曾在青海显赫一时的古刹，随着时间的流逝退出了历史的舞台，然而，它那辉煌无比的建筑丰碑，丰富多彩的文化瑰宝，使瞿昙寺依旧在历史的长河中光芒耀眼。

15

中国古代建筑中的许多优秀作品因佛教寺庙而得以保存，古代壁画、雕塑、碑刻、典籍和其他文物中的许多珍品，也同样保存在佛教寺庙中，因而一些佛教寺庙就成为中华民族传统文化遗产的重要宝库。

佛教绘画艺术的本质建构在文化历史与思想信仰的层面上，佛教在中国的深入发展使其成为思想文化乃至社会生活的重要内容。明代宗教壁画受到时代政治制度、宗教信仰、文化氛围、民间风俗等的制约和影响，上承魏晋以来壁画的艺术成就，画师和工匠们尽显其才，展现出多姿多彩的风貌。明代壁画分布较广，地区特色鲜明。佛教寺院的壁画是明代壁画的主体，而瞿昙寺正好处于汉藏交流的枢纽地带，其壁画体现了藏传佛教造像和汉传佛教佛传故事并置的特殊性。

瞿昙寺是明初在安多涉藏地区由明朝皇帝敕建的具有汉式风格的藏传佛教寺院，是西北地区至今保存最完整的土木建筑、壁画、雕刻三位一体且实用性与艺术性完美结合的建筑整体。瞿昙寺各殿众多的藏汉风格壁画是明清时期壁画艺术的重要遗存。瞿昙寺的壁画，主要分布在殿堂和回廊里面，是15世纪初藏传佛教在甘青地区流传的珍贵资料，也是古代艺术珍品。其绘画风格以汉风为主，用笔流畅，用色鲜明。佛教故事画是依中原传来的粉本作画，中原的绘画技巧在这里得到了充分体现。

据最新调查资料显示，瞿昙寺壁画总面积为 1523 平方米，其中明代壁画大概占 80%，其余为清代壁画，主要分布在瞿昙殿、宝光殿、隆国殿及 72 间回廊。从内容上看，三大殿内主要是藏传佛教密宗佛像与壁画，也就是藏传佛教密宗的各种佛。72 间回廊内全部是佛教故事画，其中数量最多的是佛祖释迦牟尼画传及佛教史迹画。现残存的只有 28 间 400 多平方米，从壁画绘制风格、技巧及有关题记看，其制作完成的时间可分为两个间隔较长的不同时期。据学者考证，早期壁画绘于明初，现存 9 间共 12 面，技法古朴，画面稍显单调，色彩微旧，每段故事尚有七言赞诗一首。属于晚期的壁画共 19 间 24 面，色彩华丽，画面景物拥挤，其绘制时间在清代，可从画工在画面的屏风上所留题记中确切判断。

瞿昙寺三大殿的壁画，主要内容是藏传佛教诸神的造像，内容丰富，种类齐全，可以说是研究明初藏传佛教造像的一个重要样本。

藏传佛教各类神祇的绘制，有严密的宗教仪轨的规定，画家必须依据复杂的宗教经典和教义来从事。主要依据的经典是"三经一疏"，分别为《佛身影像量相》《造像量度经》《画相》和《佛说造像量度经疏》。根据这些经典的要求，佛像的比例、尺度、姿态、手印、服装、饰品、法器都有明确的规范。

瞿昙殿的壁画左右对称，东西壁壁画内容是由三层装饰带组成构图。上层装饰条带作为边饰由第一层金色连珠纹、第二层红蓝间隔覆莲纹、第三层金色蔓草纹环绕一周组成上框，中间绘有一列本尊小像，下框是金色连珠纹。中间层东西两侧壁画各绘制了五尊多面多臂密宗像。东西壁里侧画面上方各绘一对上师组像，下方各绘一僧及二弟子。下层仍以金色连珠纹及覆莲纹组成装饰，之下为满铺金色蔓草纹的木围栏样式，作为壁面下部汉式善财童子五十三参图与上部藏传佛教五部佛内容上的间隔。这两种完全不同的佛像样式被华丽的边饰组合在了一幅画面上。多面多臂的佛教图像，反映了瞿昙寺比较强的密宗色彩。

瞿昙殿两壁在五部佛同一高度的里侧，各有两组四尊上师像，位置显要。上师像是藏传佛教的特色，上师被认为是佛性在人间的化身。将高僧作为画面的主尊像来供奉，使人有了与神同等的地位。这种思想来源于本土，至今未见印度佛教绘画有过将高僧作为主尊像放在画面中央的做法。这种题材出现的原因，应该是为藏传佛教后弘期教派初创时期对教派高僧传承进行阐述这一特殊需要服务的。上师像一般与真人有直接关联，因此造型上更接近常人，在绘画艺术上发挥的余地较大，也比较容易体现绘画风格的特征。

瞿昙殿东西壁画《善财童子五十三参图》，分二列于壁面下部。故事情节的排列顺序是参照了汉式寺院殿堂布局中以主像左侧为尊的序列，遵循先左壁再右壁，每壁的两栏从里到外的顺序，而非按照藏传佛教按顺时针绕的习惯安排。

　　善财童子为观世音菩萨的胁侍。"善财童子五十三参"来自《华严经》，属经变故事。"善财童子五十三参"的故事受到汉传佛教的重视，在汉传佛教绘画中，有关善财童子求道历程之偈赞与绘画很多。瞿昙殿的《善财童子五十三参图》在人物塑造方面，将汉地绘画中的人物形象与藏地佛教人物特征都加以表现，人物占据画面主体空间。正如南京艺术学院博士后、西安美术学院博士金萍教授所分析的，瞿昙殿《善财童子五十三参图》采用了汉地传统的工笔重彩手法绘制，以细若游丝的线条造型；服装器物以平涂为主，人物肌肤结构起伏与翻涌蒸腾的云朵则略施晕染，增加生动的气息；人物头冠、臂钏、屋脊以及望柱等均用沥粉贴金绘制，红色的衣物与红色的祥云呼应，已达到画面色彩与上部壁画色调协调完整。瞿昙殿的《善财童子五十三参图》体现出画师高超的界画水平，无论是宫殿城垣、亭台楼阁、围屏坐具，还是湖石兰楯、树木花草、器物陈设，都刻画得极为工整。为配合上部壁面的金色装饰，《善财童子五十三参图》将大量的金色主要用于庭院地面色彩。繁复多样的纹饰图案细致缜密地填充在人物和建筑之间，意图表现出江南园林的变幻无穷，与金光流溢的建筑一起营造出美轮美奂的视觉效果。

　　瞿昙殿《善财童子五十三参图》的整体色调以浓烈的暖红色为主，搭配以暗绿和青灰色彩，间以璀璨的金色块面，与上部主题壁面的藏传佛教五部尊像在构图、色彩上协调统一，为瞿昙殿形成了华美丰富、古典神秘的宗教装饰效果，在昏暗静谧的瞿昙殿中隐现着非凡的艺术光辉。

宝光殿和瞿昙殿壁画所列藏传佛教的尊像有着一致性，但在造型风格和色彩上存在较大的差异。宝光殿壁画布置与瞿昙殿不同之处在于正壁绘制了三世佛，而非瞿昙殿为三世佛塑像。宝光殿也没有像瞿昙殿那样绘制与佛像并列的上师像，而是在护法神位置和主尊佛像画面交界处上方插绘了上师像。这也是藏传佛教寺院壁画常见的构图方式。从宝光殿壁画人物形象和绘画技法可看出是汉族画师按照藏传佛教造像特征和汉地佛教造像要求创造改良出来的，如主尊释迦牟尼佛旁的二弟子像，完全是汉地僧人的典型形象。但构图却遵循了尼泊尔艺术风格。

宝光殿建成并绘制壁画的时期，噶玛噶举派的五世噶玛巴得银协巴已经被明朝封为"大宝法王"九年了，因此，宝光殿壁画中没有再出现像瞿昙殿那样的萨迦派上师像，而主要是噶举派上师像。尤其是出现了特征明显的噶举派黑帽和红帽上师的形象，这进一步确证了永乐时期瞿昙寺为噶举派的寺院，并显示了噶举派在当时的至高地位。

隆国殿是瞿昙寺壁画规模最大的殿，殿内东、西、北壁壁画高达五米，隆国殿殿内供奉大持金刚像，两侧列十八罗汉塑像，正壁为三世佛巨幅画像。中间为释迦牟尼与二胁从弟子，两边为迦叶佛与二胁侍菩萨和弥勒佛与二胁侍菩萨。这种以正面主尊为中心两边对称的图示结构强调了佛教图像本身的崇拜性。隆国殿除正壁中央绘制三世佛之外，正壁两端和东西两壁共绘制了十幅本尊巨像，应是按照密宗本尊的体系安排的。这些金刚与三世佛一样画得顶天立地，几乎与内壁等高，气势宏伟，令人震撼。最大的画面高有五米多，宽有六米，画中佛像全部沥粉贴金，绘制精美，色彩艳丽，生动逼真，应该出自宫廷绘画高手之笔，堪为艺术珍品。这些巨幅金刚像完全符合藏传佛教的规范，从这些巨幅金刚像一板一眼的绘制，可以看出汉地艺术家对藏传佛教的学习和尊重。这些巨幅金刚像，强化了瞿昙寺的藏传佛教色彩。隆国殿和回廊的建设及壁画绘制，是明朝中央政权参与瞿昙寺建设的最后一项巨大工程。而同期绘制的回廊壁画，却在佛传故事的题材之下，大规模地展示了纯正的汉地绘画艺术风格。从瞿昙殿开始就确立的混合型艺术布局，在此得以充分的体现，整个瞿昙寺的这种艺术布局，体现出汉地的艺术和藏地的艺术相互包容、相得益彰。当两种不同风格和文化背景的艺术最初相遇时，各自的彰显也许是最好的交流，之后的相互影响、借鉴乃至融合，将是一个自然的也是漫长的过程。

16

中国山水画独立之始，即被赋予了青绿的表现形式。青绿山水最显著的形式特征是用笔工细，山石多勾少皴；树法多双勾夹叶；界画楼台，折算无差；以明亮强烈的矿物质色反复叠加，渲染由淡到浓，由此产生了富丽堂皇的视觉效果。

宗教壁画的主要功能是说教和感召，故必求色彩之鲜明，形象之突出，具有装饰性，才符合庙堂的神圣氛围。瞿昙寺回廊壁画继承了中国青绿山水画的传统，壁画中大量天然的矿物质石绿色的出现，对于这偏远的深山里的寺院，尤其显得珍贵，更加彰显出瞿昙寺深受皇家恩宠的特殊身份。

瞿昙寺回廊壁画描绘的佛传故事，其绘画风格完全是中原汉地重彩样式。壁画对人物背景的表现采用了中原青绿山水的流行画法，世俗人物的衣冠服饰、宫殿什物均为汉地特点。瞿昙寺早期的壁画将藏传佛教内容和汉传佛教壁画技法相结合，是明代藏传佛教艺术的经典之作，这一点学界已达成共识。瞿昙寺壁画艺术自身的地域文化特征以及与中原文化紧密的关联性，使得瞿昙寺壁画艺术显现出特殊的意义。

瞿昙寺回廊壁画中有不少写实性很强，具有鲜明时代特征的亭台楼阁等建筑形象，是研究明清园囿建筑的重要参考资料。回廊壁画中的建筑有着高超的界画技巧，瞿昙寺回廊壁画中有多处建筑，就属于界画。山水画中建筑的描绘是表现空间的手法之一，因为宫殿、庭院作为佛教故事发生的场所，本身就是故事的重要组成部分，所以，壁画中对建筑的描绘是很重视的，居于重要的地位。界画与其他画种相比，有一个明显的特点，就是要求准确、细致地再现所画对象，分毫不得逾越。界画体现了中国传统文化中"天人合一"的哲学理念，建筑与人、建筑与自然环境紧密联系，营造了情景交融的意境。缘于界画在中国画中具有高度写实、注重理法的特点，中国历代院画，都将宫殿、庙宇等大型建筑作为一个重要题材，着力表现皇家建筑的巧架精构和富丽堂皇的气势。

最初的界画大概就是建筑物的设计图或建筑物完工后的效果图。中国古建筑以木构为主，可惜木质易损，沧海桑田。然而界画形象、科学地记录了古代建筑以及桥梁、舟车等交通工具，较多地保留了当时的生活原貌，其意义已突破了审美的范畴。

瞿昙寺回廊壁画中的建筑形象一定程度上真实地再现了当时的建筑风貌。回廊遗存的明清壁画里绘有宫殿建筑图14组，其中明代的建筑图有5组，位于大鼓楼暗廊，成为研究明初建筑的重要参考资料。

瞿昙寺回廊明代壁画上的建筑彩画与早期建筑上的梁枋彩绘一样，都是明早期官式彩画的珍贵实例，具有文物及学术的研究价值。它提供了丰富的、真实的、不同地区和时代的不可多得的彩画形象资料，是彩画研究及其他相关研究的基础性资料，壁画的年代和彩绘的年代相互佐证，解决了瞿昙寺建筑彩画和壁画研究中的部分断代，壁画中的彩画形象为确定同时期建筑彩画的某些细节提供了重要依据。

17

有关学者考证瞿昙寺回廊壁画的创作年代当在宣德二年

前后，出自宫廷画师之手，清代道光年间由于原有壁画水渍漫漶严重，已经不甚清晰，由民间匠人进行了补绘。此外，一些殿堂的壁画在后世维修时也进行了补绘，因而瞿昙寺的壁画呈现出明清两种不同风格。壁画内容主要是佛的故事，从释迦牟尼降生到圆寂的连环画。目前能看到的分散为几处的明代佛传故事壁画遗存，可推断回廊壁画由隆国殿东廊起首，由此向南，再西折经金刚殿，回头北上至西廊。据南京艺术学院博士后、西安美术学院博士金萍教授分析，明代回廊壁画应当是环绕整个回廊绘制的，暗廊的壁画保存相对完好，明廊敞开的壁面由于日晒雨淋等原因，毁损严重，大多未能保存下来，有的由后世起壁新绘了，有的则欲泥壁重妆。她从现存壁画及其与佛传故事的关系入手，专门对整个回廊进行了实地考察。回廊佛传故事现存的情节主要集中在这几个部分：诞生前、诞生后、降魔、说法、涅槃。按照现存明代壁画的方向，应该是顺时针方向。那么，起点是隆国殿东回廊，这一段为明廊，北壁3间转东壁5间及南壁半间（大鼓楼外侧南壁部分，视为半间），"观察世间""谒见帝释""指示慈航""叩问天鼓""勘定菩萨救世""迎请高僧""帝释天敕净居天子往兜率""兜率请降""须弥山"共8间半9个故事为清代补绘的连贯画面，内容是佛诞生之前的天国状况，紧接之后是明代的壁画内容。过大鼓楼后进入暗廊，位于大鼓楼暗廊北壁为明代壁画"净居天子为护明菩萨选降处"，这半铺壁画以掩映在云山之间寂静优美的宫殿为故事发生的地点，以此作引子再转入东壁佛传故事情节，至"净饭王请阿私陀仙占太子"，整个东回廊现存壁画到此为止，此处故事情节王子尚未出家。一共4间半壁画，8个题榜和故事，接下来东回廊均为空白泥墙。从东回廊空白泥墙开始到西回廊壁画出现，这中间空白泥墙为24间半。据有关学者统计，缺失23间壁画与此基本相符，缺少了宫中生活、出家、成道内容的佛传故事约为50个。之后，过护法殿，清代补绘了西明廊5间半，9个故事，正好接上西暗廊明代遗存5间半壁画，8个故事。过大钟楼后西明廊的5间半也是清代补绘了12个故事，"均分舍利"中孙克恭等借屏风留了题名，并补了"藏式塔龛"一佛二弟子图，应该是个完美的结束。整个回廊南壁及东壁、西壁相连部分，大段的空白泥墙，约可容纳50幅。加上现存的明清两代佛传故事47个，共约97个佛传故事情节，符合流传的佛教故事画幅。金萍教授根据现存的各种明代佛传故事版本，将回廊空缺的50幅佛传故事情节做了大体比较研究，可以认定，瞿昙寺回廊壁面在明代绘制了完整的近100幅的佛传故事壁画。目前空白壁面的形成，有可能是清道光年间补绘时明代壁画尚存，其后继续损坏而不存。道光年间补绘的佛传壁画与明代遗存的佛传壁画之间无论是所处的位置还是故事情节均联系紧密。也有可能是清代补绘时明代壁画已经损毁，泥壁后未完成绘制。

瞿昙寺除了壁画外，殿堂内外还有不少的装饰画布满殿宇大小墙面和木隔板上，丰富而精美，使跌宕起伏、气势宏伟的古建筑群披上了华美的外衣，充满了鲜活的气息。

彩绘是古代建筑的重要装饰手段，瞿昙寺建筑彩绘分为官式和地方两种类型，目前保存较好的内檐彩绘 800 余平方米，丰富而精美，与壁画有着同等价值，是研究明代早期彩画的珍贵实物资料。

瞿昙寺壁画构思奇巧，内容丰富多彩，场面磅礴宏大，技法纯熟，刻画细致入微，形象生动逼真，具有较高的艺术价值和学术研究价值，其中的一些画面内容对于我们今天研究瞿昙寺地区的人文历史，具有很大的参考价值。特别值得珍视的是，壁画里具有鲜明时代特征的亭台楼阁等建筑形象，都绘有清晰、真切、丰富的建筑彩画，是研究明清建筑彩画的重要参考资料。画面中的山水云石，奇花异草，人物服饰，车舆仪仗，很值得美术考古专家去研究和考察。特别是保存完好的明代壁画，不仅内容有佛教故事、世俗生活场景等，而且壁画的技法、线条、色彩都有很重要的借鉴意义。

瞿昙寺壁画是甘肃敦煌壁画的一个补充和延伸，敦煌壁画是从北魏年间到隋唐、宋元时期。瞿昙寺是明清时期的壁画，正好填补了敦煌壁画的空白。

著名古建筑专家罗哲文曾赞誉"前有敦煌，后有瞿昙"，由此可见瞿昙寺壁画所具有的文物和艺术价值。

18

传统壁画绘制工艺，自唐、宋以来一直沿用，直到明清变化都不大，只是因地制宜，在选料上有所差异。

在被誉为古籍中最有理论体系的建筑设计学经典，成书于宋代的《营造法式》卷十三中，专列有"画壁"一节，记载的画壁作法，比较细致。"造画壁之制先以粗泥搭络毕，候稍干，再用泥横被竹篦一重，以泥盖平，又稍干，钉麻华，以泥分披令均，又用泥盖平；以上用粗泥五重，厚一分五厘。若拱眼壁，只用粗泥各一重，上施沙泥，收压三遍。方用中泥细衬，泥上施沙泥，候水脉定，收压十遍，令泥面光泽。凡和沙泥每白沙二斤，用胶上一斤，麻捣洗净者七两。"

制作画壁的一般程序是：首先是壁面底层处理，进行钉麻和压麻，往墙面上洒水，使干净湿润的墙面有利于画壁的附着。接着进行画壁打底，在经过前道程序处理过的墙面上抹一层打底泥灰。这层灰以找平为主，是粗泥灰。在第一层灰干至七成左右时铺盖上第二层灰并尽量用大抹子搓平。再进行刷罩壁面，在打底灰浆未干时刷白垩土浆（白垩土，俗名土粉）。画壁制作的最后一道工序是刷一至二遍胶矾水，待干透后作画。

在传统壁画的制绘中，胶矾水的作用很重要。胶矾水有固壁画不脱落和使色彩鲜明不易脱落的作用，如果在画壁上不刷胶矾水，作画时打底灰或白浆粉会翻上来，使画面颜色暗晕混杂。《中国古代建筑技术史》中称："在我国古代建筑的石灰粉刷工程中对矾类物质的应用。这是我国在胶凝材料发展史中的一个贡献，是在无机胶凝材料中对化学添加剂的创造性探索，……使用明矾液罩面，甚至可能形成水化硫银钙之类的物质。因此可以说在我国古代就已经在为提高胶凝材料的物理力学性能探索添加剂了。"

我国古代艺术家经过一千多年的艺术实践，创造研制出许多绘制壁画的颜料和专用的工具。常用颜料可分矿物颜料、金属颜料、植物颜料三大类。

矿物颜料有色质稳定、色相美、晶莹闪光的优点。传统壁画常用的矿物颜料有石青、石绿、朱砂、朱膘、赭石、土红、石黄、雄黄、土黄、云母、黑石脂、蛤粉、白土粉等。中国传统绘画矿物颜料色调纯正、浑厚，艳而不俗，有光泽感，抗光照和酸碱腐蚀力强。金属颜料，在壁画中使用的主要是金和银。金和银在使用中有两种形态，一种是金银箔，另一种为粉末，金银粉是由金银箔加工制成。植物颜料，常用的有花青、藤黄、槐黄、汁绿、胭脂、洋红、锅底灰（黑烟子）、墨等。

瞿昙寺壁画的绘制大量吸取了中国古代工笔画的技法，尤其是勾勒、设色、晕染等工艺，巧妙地运用了汉式绘画里青绿山水画的多种技艺。大量天然矿物质石绿色的出现，更彰显瞿昙寺深受皇家重视的特殊身份。

19

　　瞿昙寺的明代壁画出自宫廷画师之手，没有人知道他们的名字，是几人合作完成，我们也不得而知，但可以想象，他们将矿物颜料粉碎，用清水研磨成不同颗粒度的色浆，再混以植物胺，就做成了当时画师最常用的颜料，他们神情专注地研磨这些矿石并以水调和成各种颜色的绘画颜料时，我相信他们的内心充满了美好。这些用矿石颜料画成的画经过几百年的风吹日晒依然清晰可见，鲜艳夺目。除了文学，我一直认为音乐和绘画这两种艺术形式是最容易触动人心的，音乐会长驱直入抵达一个人的内心，引发震动和共鸣，而绘画则在触到你的目光时，把一种美，一种一下子无法用言语清楚地表达出来的感受直接或逐步地传递到你的心中。

　　我曾在题记有"平番县上窑堡画像弟子孙克恭徐润文门徒何汶汉沐手敬画"的屏风前伫立良久。按平番县明代为庄浪卫，清康熙二年（1663年）才降置为县，1922年改称甘肃省永登县，可知这些壁画不会早于清康熙二年，或许就是康熙四十七年（1708年）回廊修葺时所重绘。身为佛门弟子的孙克恭，他在绘制这些壁画时，不仅仅是完成了一幅幅画，而是将他的信仰和希望画在墙壁上。如果没有信仰，没有虔诚，没有内心修为和对艺术的追求，是画不好壁画的。所以，我想，当初孙克恭他们是在宗教和艺术的感召下，怀着无比恭敬的心，一笔一画精细勾勒出的，这需要超乎于常人的耐心、静心，并耗费大量的时间。可以想见，当画师用朱砂的红色，雄黄的黄色，青白石的蓝色和云白的白色，从虔诚的笔端流淌出来，铺开一幅幅瑰丽的壁画徐徐时，他们创作的过程就是朝圣的过程。他们在完成壁画的绘制工作后，徐润文、何汶汉便离开了瞿昙寺，但孙克恭却选择了留下，留在了瞿昙寺。

据史载，释迦牟尼在根深叶茂的菩提树下悟道成佛后，多少人怀着疑惑来到他面前，直接提出问题："你是什么？是神吗？"释迦牟尼回答："不是。""那你是天使？圣人？"仍回答："不是。""那你是什么呢？"释迦牟尼回答说："我醒悟了。"

当世界上其他的人都被包裹在沉睡的子宫中，处于自以为是清醒的人，而其实仍在梦境的状态时，他们之中的一个人把自己叫醒了，佛教开始于一个摆脱了迷乱、瞌睡、日常知觉像梦般妄想的人，它开始于一个醒悟了的人。他把了悟的世界带给更多的人，他关于寻找生命意义的答案，一种解脱痛苦的方法，一套令社会平稳安定的价值体系，自然引起人们的关注与向往。也许孙克恭因信仰而更加深刻地感受到佛教的神圣和美好，一种前所未有的创造力在他的心中涌动，当他用质朴的笔展现出充满神秘色彩的宗教场景画，画出他心目中的佛国世界时，当他一次次仔细凝视自己耗费心血的作品时，突然感悟，在他本自具足的光明里，收获了更美好的从容自在与喜乐安康，吾心安处是故乡，所以他选择了留下，而佛教艺术也得以传承和延续。

20

在瞿昙寺碑亭《御制金佛像碑》一文中，有关于金佛像铸造的记载："朕主宰天下，愍念苍生，弘体慈悲，发欢喜心，铸金为佛像，利益群品。初命工作范，久而不成，一日工匠退食，暗然无人，模忽自成，莫不惊异赞叹，以为稀有，遂一铸而成……"

瞿昙寺铜鎏金观音菩萨立像，无论是体量之大、工艺之精、体态之美，都堪称达到了我国古代金铜造像艺术的巅峰，是明代永宣风格金铜造像的代表之作。

金铜佛像是佛教造像艺术之一。在中国古代雕塑艺术品中，佛教雕塑占有极其重要的地位，这与佛教在整个社会的盛行及其对社会发展的影响有关。

明朝的藏传佛教造像艺术也是在帝王的扶持下首先在宫廷开展起来的。明王朝亦仿效元朝在宫廷设立造像机构，制作藏式佛像，其机构称"佛作"，隶属"御用监"。

明朝宫廷造像开始于永乐皇帝，永乐时期是明朝经营西藏的重要时期，也是明朝治藏政策的完善和定型时期。明成祖朱棣即位后，一改太祖时期招谕、安抚的治藏政策，而转向建立以僧王为首的僧官制度，对西藏上层僧侣广行封赏。成祖的这种大规模分封活动，在藏地掀起了一股受封热潮，一时间藏地大大小小的僧侣纷纷朝觐请封或遣使来京，而明成祖几乎来者不拒，皆予封号、官职，并赏赐大量珍贵礼物。到宣德时期，这种分封和赏赐仍继续不断。在永乐和宣德赏赐的礼物中，宫廷制作的金铜佛像便是其中重要的一部分。因此可以说，明朝宫廷造像的产生是与明朝对西藏实施的"众封多建"的宗教政策密不可分的，是明朝宗教政治的产物。

在藏传佛教艺术里，明朝宫廷制作的金铜佛像尤为引人注目。由于明朝宫廷造像的制作主要集中于永乐和宣德两朝，所以又通称"永宣宫廷造像"。永宣宫廷造像气韵精美、华丽端庄、别具匠心。

瞿昙寺铜鎏金观音菩萨像，观音直立于仰覆莲座上，身体略侧扭，身材比例协调，线条圆润流畅。头戴五叶宝冠，发髻高束，大圆耳珰。脸形浑圆，长眉秀目小口，鼻梁挺括，神情温婉慈祥，生动刻画出其慈悲悯人、雍容大度的仪态。

观音菩萨胸前垂饰华丽的项链璎珞，细密均匀，层叠交错；双手各牵莲花长茎，左手施说法印，右手施与愿印。左右臂两侧的莲花枝条婀娜多姿，造型别致。其腿部着双层长裙，裙褶飘逸自然，有轻柔的织物波动感，裙面亦垂饰精美的璎珞，赤足站立于莲花座上。另有一条长帛绕身飘垂身侧，身后两条短飘带钩挂在腰带两边。莲座前沿刻"大明永乐年施"汉、藏、梵三种文字款识。造像通体鎏金，铸造工艺精湛，金色纯正亮丽，造型生动华美，是我国目前所发现的体积最大的永乐金铜造像，堪称国宝。

明代"永宣时代"的金铜造像由于选材用料考究，制作规范精细，六百多年来，以神韵精美曼妙、仪态华丽端庄而享誉中外，以造型别具匠心、风格兼容汉藏而冠绝古今，形成了风格成熟、做工精细、样式统一的"永宣风格"。

永乐金铜造像的审美价值，不仅体现在精致成熟的工艺水平上，更体现在汉藏交融的造型特征上。这种融合汉藏特色的特殊造型，留下鲜明的时代印记，蕴含着明代中央政府维护国家统一、实现民族和谐的理念，是汉藏交融统一的艺术表现，展示了藏传佛教和汉传佛教血脉共通的文化认同，为我们研究河湟地区藏传佛教历史提供了珍贵的实物见证。

21

瞿昙寺现存的匾额有十块，其中明代的七块，清代的三块。从最早的明洪武二十六年（1393 年）所立金书"瞿昙寺"横匾到最晚的清同治元年 1862 年立的"告往知来"横匾，经历了两个朝代共 469 年。

这十块匾额不仅为研究瞿昙寺历史提供了资料，而且从文化积累的意义上讲，它也很有价值。匾额题字出自明清两代书法家之手，那些字有的端庄、有的苍劲、有的浑厚、有的秀丽，代表了各个时期不同的书法风格。就书法艺术而论，其佼佼者要属明代万历年间的"独尊"匾了，这块牌匾是明朝万历年间督理西宁屯兵解梁李本盛书赠瞿昙寺的，"独尊"二字字体苍劲有力，雄厚端庄。这块匾已收录于《中国名匾录》一书，这是极有历史价值和艺术价值的珍贵文物。

瞿昙寺保存完好的五通明代御制碑刻，其中永乐年间立了三通，洪熙元年（1425 年）一通，宣德二年（1427 年）一通。这五通明碑不但为研究历史、地方志提供了很好的资料，而且碑文的书法艺术水平也很高。其中尤以两座碑亭中的碑文为甚，洪熙元年和宣德二年，从 1425—1427 年，相距只有两年，两通碑文当为一人所书写，字体端庄秀丽，为楷书中的杰作。

从书法的角度来看，这些匾额和碑刻的文字又可当作艺术珍品来欣赏，而且也展示了一个时期我国书法发展变化的脉络轨迹。

在瞿昙，不说文化就不能真正了解瞿昙，不研究文化就没有抵达它的核心。

每个寺院都有它的特点，瞿昙寺以它悠久的历史、古朴的建筑、珍贵的文物、精美的壁画驰名中外。

22

2007 年，我即将离开乐都之际，因工作原因，接待了一批国际友人，其间陪同他们到瞿昙寺参观，他们对瞿昙寺精美绝伦的文化艺术赞不绝口的同时，突然向我提出一个问题：“据我们所知，你们国家‘文革’期间，像这样的古建筑都遭到了不同程度的损毁，为什么瞿昙寺却保存得如此完好呢？”

从 1958 年到曾经席卷大地的“文革”，对传统文化的摧残比我们想象的还要沉重深远，但瞿昙寺得以幸免，完整无损地保存下来，不能不说是一个奇迹。

当时，我不加思索地告诉他们，因为这块土地上勤劳朴实的人民，上苍格外垂爱，所以留下了这样一笔无比珍贵的文化遗产，这也许就是佛教所讲的因缘吧。实际上当时瞿昙寺是作为粮仓而免遭损毁的。

瞿昙寺的庭院一如往常笼罩在一片肃穆中，掩映在丁香树枝下的桑炉里，柏香正漫长地煨燃着，一袭轻盈的薄烟浮游于枝丫间将大地深处的气息带到了时间面前，岁月如此沉静幽深。我在庭院边走边想，面对着各色各样很想了解瞿昙寺，却又看不懂瞿昙寺的游人，我想其间肯定有不少人是真看不懂的，只是把它当作一个虽充满了各种传说，但也实在并未看出它究竟在哪里与众不同的一座寺院一样。于是，多数游人跟随导游转一圈就离开了，而少数读懂瞿昙寺的人在这座艺术的宫殿、文化的宝库里流连忘返。这使我不经意间，想起谢佐先生，这位出生于瞿昙寺边的村庄，多年来一直赤诚地关注着家乡的青海著名藏学专家，他是第一个全面系统研究瞿昙寺的学者，曾在 1982 年出版了具有很强史料价值的专著《瞿昙寺》。还有瞿昙寺文物管理所的原所长李素成先生，也是多年来潜心研究瞿昙寺的历史，我与他有过多次交流，他也有幸获得他搜集整理的瞿昙寺解说词。谢佐、李素成、张君奇都是引领我们走进瞿昙寺、了解瞿昙寺的掌灯人，他们与现存寺内的皇帝敕谕碑一起唤醒了那些沉睡于历史深处的往事，重现于我们的眼前，令人眼睛湿润，心绪荡漾。

瞿昙寺是幸运的，当它历经沧桑，依然闪耀着璀璨的光芒，获得人们美的永恒的记忆时，我与谢佐先生、李素成先生一样内心是自豪而富足的。

23

一个秋日的午后，当我又一次走出瞿昙寺的山门，在回首一望的刹那，突然萌发了想登上罗汉山的念头，我从寺院南侧沿着上山的便道来到了罗汉山顶。这是一个晴朗的下午，空中不见一丝云彩，整个天空蓝得一尘不染，真是无机不被，万里无云万里天。放眼望去，瞿昙寺在密集的民居间显得格外醒目，寺院的整个建筑尽收眼底，从山门到隆国殿层层叠叠，气势恢宏。对面的凤凰山是寺院的朝案之山，风水上称为"案山如几，朝山如臣"，它以凤凰单展翅传语乡里，瞿昙河在寺前缓缓流过，像一条环绕的金带。李素成先生的解说词曾详细地描述过瞿昙寺的风水地理，瞿昙寺的金刚殿是前院通向中院的通道，在寺院建筑美学上又把金刚殿称为过白。他说，金刚殿的前后两道门好像两面镜子，透过镜子可以把寺院的风水看得一清二楚。

传说，当时三罗喇嘛沿拉脊山一路向东云游，有一天来到乐都南川地区的罗汉山下，看见一眼清泉，泉水清澈透底甘甜清香，他饮水解渴后上马而行，走到半路发现手里的马鞭不见了，想起可能遗忘在泉边，便勒马回转到泉边来找寻时，发现马鞭子变成一棵珍珠树长在泉边。三罗喇嘛看到这种景象觉得非常奇异，再看这里的地理风貌，山水环绕，景物天成，是一块建寺的宝地。

《西宁府续志》"山川"条载有瞿昙寺名泉"瞿昙池"。

"瞿昙池——在瞿昙寺永乐殿内，相传西域喇嘛由海心山率徒至斯池，饮马遗其鞭，番僧三剌建刹焉。"

这里所说的"永乐殿"就是"隆国殿"，"番僧三剌"就是三罗喇嘛。传说与《西宁府续志》所载略同。

几百年前，这里是大片的原始森林，据说隆国殿的梁柱都是就地取材而建的，它们都是合抱之木，可以想见当初这里森林茂密、植被良好。瞿昙寺由最初的瞿昙殿逐渐扩建为一座规模宏大的建筑群，整整经历了五代皇帝，三十六年时间，建筑耗时之长，工程之浩大，实属罕见。瞿昙寺在厚重的历史积淀中带着时光的印记在秋日阳光的照射下，绽放出迷人的光彩。我细细地端详着，感觉一种深厚的气息隐隐传来，如一缕淡淡的若有若无的轻烟飘散开来，试图想向我诉说什么。

24

罗汉山上的植被有了明显的改观,移栽的雪松已有三米多高,整个山坡郁郁葱葱,使人想起这里曾经广阔的林野,而山下的树木多为杨树、榆树和一些果树,它们掩映着村庄的青堂瓦舍,色彩深绿、灰绿、金黄、深褐各不相同,就是杨树也是黄绿相间,分布并不均衡,感觉到秋天正一步步地走向时光的深处。通向斜沟和药草台两个方向的公路在阳光下像两条白色的飘带,瞿昙河从大南山蜿蜒而来,忽隐忽现,树木合抱着田野,掩映着农舍,一幅恬静的田园风光展现在眼前。也许是地势渐高和杨树树种单一的原因,通往这两个方向的树木叶子已全被染黄了,带着些微凉气的河谷风偶尔吹过,这些树木又似乎是金色的流水哗哗地波动着,而实际上我只能看到它们波动的枝叶,听不到声音,我是从身边的树木在风中摇动时的声响而产生的联想,一些金黄的叶子开始凋落。

刚刚竣工的瞿昙河大桥巍然屹立,横跨瞿昙河东西两岸,新建的寺院广场和水系景观展现出古镇的新颜。在寺院南侧和北侧更远些的地方,瞿昙寺博物馆、游客服务中心、行政文化中心等项目正在开工建设,给这块沉寂的土地增添了许多活力。望着林立的塔吊,我在想六百多年前,在生产力水平低下的偏僻山区,是如何修建起这样一座规模宏大、气势宏伟的寺院的?

　　瞿昙寺前院左右御碑亭的两通碑均为红砂石雕刻而成，红砂石取材于距离瞿昙寺三十二公里的乐都中坝乡，我曾多次观赏过这两通碑，它们由碑冠、碑身和碑座三部分组成，每部分都是整块石料，碑身和碑座各自重十五吨。六百年前没有运输机械，这些石料都是在寒冬腊月时路上泼水结冰后用木头滑过来的，三十二公里的路途整整运了三年时间。石料运来制作完备后，工匠们为如何把碑立起来想尽了办法。传说，有一天晚上，一个工匠做了个梦，梦见从寺院后面的山上下来一位须发皆白的老者，工匠认为这是个世外高人，就非常恭敬地请教老者："请问这通碑怎样才能立起来？"这位老者毫无表情地说："我已经是土堆到脖子上快要死的人了，我什么都不知道。"说完他就不见了。这位工匠早上醒来想起梦中老者的话，他认为这是在点化他，突然顿悟，如果用土把碑座屯起来，然后在土堆上把碑身用木头滚上去，这碑不就立起来了吗？据说瞿昙寺隆国殿的大梁和安装后钟楼上的大青铜钟时一样都是用这种方法托上去的。

　　今天，当我们面对瞿昙寺这座辉煌的建筑时，不断惊叹于祖先的智慧，同时也让我们想起那些默默无闻的建设者。

25

　　瞿昙寺的后钟楼修得气势雄伟，楼梯盘旋而上，布局奇巧，楼内悬起一口青铜铸就的巨钟，重有一吨，是宣德皇帝御赐，也是不可多得的珍品。

传说当年挂起铜钟后，铸钟的工匠对寺院的僧侣们说，你们先不要着急敲钟，我向南走到什么地方能听到钟声，钟声就会传到什么地方，然后他骑马从瞿昙寺出发向着那终年积雪的南山走去，他走了三十多里，来到乐都与化隆交界的克欠山口，这时寺院里的僧侣们等得不耐烦了，就敲响了钟，大钟的声音高亢洪亮，吓惊了工匠所骑之马，工匠从马上摔了下来，他非常惋惜，怨僧侣们敲得太早了，如果再敲晚点，他会走得更远，钟声也会传得更远。从此，钟声就只能传到克欠山口。"克欠"一词是当地方言，是"十分遗憾"的意思。瞿昙有一句家喻户晓的谚语："瞿昙钟响，巴燕马惊"，说明了当地群众对这口青铜巨钟的赞誉。

越过克欠山口便是化隆县巴燕镇的地界，沿山坡有天然的牧场，马的性子警觉，在吃草时也不忘竖着耳朵捕捉四周的动静，可以想象这样一幅画面：在暖暖的阳光下，马群安详地咀嚼着鲜嫩的青草时，瞿昙寺的钟声从克欠山口随风飘荡而来，使它们受到惊吓而突然跑动，之后又停住脚步寻找声音的所在。

这口钟曾在1958年遭到破坏，有人想把它拿下来去炼铜，由于钟太沉，拿不下来，就组织人想把钟砸碎，结果费了很大的劲，只把钟的顶部砸出了一个洞，钟的音质给破坏了。现今不要说钟声传出几十里，在几十米外的山门前也听不到它的声音。从此，这口钟就永远沉寂了，但也作为一件珍贵的文物被保存下来。当地人对这口钟非常崇拜，据说年老体弱的、身体多病的、小孩夜闹啼哭的，在这钟下转一圈，就会金钟罩身，保佑一生平安。

26

自佛教传入我国，铜钟就逐渐成为佛教寺院中不可缺少的法器。瞿昙寺的大钟穿越几百年时光的钟声记录了历史的变迁，也引发了我对古代科技的无限遐想。我曾查阅过相关资料，古法铸钟有着非常严谨的制作流程：第一步，粗选优质松土和上好原材料。第二步，将松土碾碎，用筛子过滤后加水搅拌到一定湿度，水量的多少要根据模子的大小来定。第三步，做模型，将调好的泥手工堆积成型，晾干。第四步，套模型，因为模型有内外两层，将内外模型分隔并套在一起，中间可用细沙子做隔离。第五步，夯土，一定要夯结实。第六步，冶炼浇铸成型。六道工序延续千年，程序严谨，形成了制作流程环环相扣、产品造型庄重典雅、结构完美独特的风格。

别看铸钟的工序只有六道，但时间、火候、合金比例、形状设计等都影响到钟的声音和质量。我国古钟的基本形状是钟身高与口径之比在 1∶0.7 左右。《周礼·考工记》"六齐"还明确指出合金配合比"六分其金而锡居一，谓之钟鼎之齐"。意思是说铸造钟鼎的铜和锡之比为 5∶1 或 6∶1，其锡含量占14%—16.7%，就使钟声强度、韧度适度，可以保持钟声振动的持续性。钟声产生于撞钟引起的振动，而钟声的强弱高低、音色主要取决于钟体形状和材质。

铸造一口钟，最要紧的是有悠扬的声音，音色的好坏直接体现匠人的制作水平。瞿昙寺大钟钟身长2.2米，口宽1.4米，钟身高度与口径之比为1∶0.64。当撞击时，引起钟声振动，使各分音的频率恰当，产生拍频现象，由此可见古人对铸钟的技术已经达到了相当高的水平。

古铜钟荟萃了我国古代工艺技术的精华，代表了当时的铸造、声学、乐律学、力学等方面高超的技术水平，更是研究我国传统技艺的宝贵实物。

27

从举世瞩目的战国编钟到瞿昙寺大钟，时光走过了两千多年，铸钟工艺更是达到了炉火纯青。

瞿昙寺大钟的声音究竟能传出多远，今天再也无法验证了，但我相信这位铸钟的师傅必定是一位能工巧匠，大钟铸造成功时，他对自己的这件作品定会有一种更大的期待。在不断铸造的过程中，他已深谙铸钟之道，所积累的经验已经达到了一个新的高度。那日，他从瞿昙寺出发时，他有足够的自信，相信他铸造的大钟，其声音深沉而洪亮，定会传到比化隆巴燕镇那片牧场更远的地方。但突然敲响的钟声，使一切就此而止，让大钟的声音永远停留在了克欠山口，当时他的心里充满了无法挽回的遗憾。其实我无法准确地猜测这个工匠几百年前的心思，但我坚信，每一口经他铸造的大钟，都带着他生命的呼吸和手掌的温度，他一定心思纯朴，心无旁骛地只想铸造出一口更完美的钟。他不知道，几百年以后，会有人反复端详着他的作品，想象着他当时的心思，并为他的作品遭到毁坏而深深地惋惜。

名刹宝寺皆有钟，当暮霭渐合，寺院庙堂钟声回荡，木鱼橐橐，与诵经声融为一体时，更增添了莲花佛界特有的神秘。

28

据史料记载，明永乐十二年（1414年）四月十二日三罗喇嘛圆寂后，他的遗体被寺院的僧人们用药泥抹为佛身，供在瞿昙寺隆国殿中，这位名僧的遗体保存了五百多年，在佛教徒中产生了许多有趣的传闻，或说那脸上常常渗出油渍，或说身上存在余温。他的遗体由于历史原因遭到毁坏，1958年后即去向不明。但我无限惊奇于古代的先民是怎样掌握这种技术使人的遗体得以完好保存几百年，古代藏医学的先进技术再次向我们证明了智慧的力量。

人类智力发展过程艰难曲折，在对瞿昙寺不断深入了解中，我看到了宗教和科技共生共存的阶段，它们彼此牵连不可分割。

瞿昙寺因清泉池选址的传说背后是无与伦比的建筑艺术。

瞿昙钟声的传说背后是古代先民精湛的铸钟工艺。

著名的数学家、哲学家、逻辑学家怀特海，认为影响人类最大的力量就是宗教与科学。

科学应用于生产，转化为现实的生产力，提供更多物质产品，丰富人类的物质生活，促进人类社会发展。宗教关注内在、主观的心灵世界，把以精神上摆脱自身的有限性带来的烦恼和痛苦作为它的目的。它以对无限绝对的神的信仰为基础，诉诸于人的直觉和顿悟。宗教的核心是信仰，信仰也是人在各种困难、灾难、无望面前尚能坚持活下去的支柱，这是宗教的力量所在，通过宗教生活，人们可以在对神的信仰和追求中摆脱各种烦恼恐惧和痛苦，获得内心的安宁和自由。

人类社会发展早期，由于当时生产力的极度低下与大自然的强大威力，许多自然现象人类无法认识其本质，由此产生了对自然界的恐惧与崇拜。面对无法解释的诡异的自然现象，人类只好把此归结为神秘力量的存在，并通过对神灵的恭顺来求得庇护。

人在面对茫茫的宇宙和深远的天空时，不得不承认自己的渺小，同样，也不得不承认在自身之外还有许多未知的东西。因此，当科学还未能完全地揭开世界的面纱时，人们便对这些未知的事物怀着默默的敬畏。

信教徒们坚信瞿昙寺的种种传说，坚信某种神奇力量的真实存在，信徒们点一盏灯，虔心拜佛，表达一个生命对精神母体的忠诚，有时，也会祈求一个美好的愿望能够实现，因为他们深信神明的力量，深信出生与死亡都是一场轮回，他们坚信神一定会在某刻看见他的虔诚，每个心有敬畏的人，眼睛里都能望见那个终要抵达的远方。

我突然觉得，若没有专注，又何来远方？

29

坐在山顶上视野开阔，适合于放飞想象。四周静默，天地无言，置身宁静，总会有一些飘忽的念头突然出现，但它们稍纵即逝，令人无法把握。我不经意地想起三十多年前的一些细节，这些细节属于私人记忆，属于一个青春少年的生活片段，在生命的长河中，是容易被忽略的，但它还是在多年后的这样一个秋日的午后，被我清晰地记起，它被回忆是因为一个人的生命轨迹在许多细碎的片段中被串联起来，成为对一个地区或一座建筑的最初到如今的认识过程。

那是1984年，我在乐都师范上学期间，学校组织的一次实践活动，我们徒步二十多公里来到了瞿昙寺，这是我第一次走进这座久负盛名的寺院。当时我对它一无所知，只记得瞿昙寺的护法殿的门额板上画着倒挂的熊皮、人皮和虎皮，门框上画着骷髅人头，平添了几分神秘，据说以前这里有三张人皮，里面阴森恐怖，让人心生敬畏。在寺院转了一圈也没有更多的兴趣，便和几个同学走出寺院来到了罗汉山顶，当时，我们也是坐在山顶上放眼远望。现在想想那时因为无知，竟然对它没有留下什么其他的印象。

我回想着人生涉世之初的种种细节，对我而言，这也是一件有意义的事情。

按照当时学校毕业分配就近上山的原则，十有八九毕业后要到这里开始我的教学生涯，因为我家就在瞿昙河沟口。当时，我望着远山的苍茫，对那不能把握的未来产生了一种少年的惆怅。年少时，我们的记忆是纯粹的，收集着无数平凡和美好，但随着年龄的增长，我们开始只关注那些所谓重要的事物。但无论怎样，记忆总会在我们心里刻下深深浅浅的凹痕，通过回忆，我们回到过去；通过停留，我们充分地感受现在，生命也许并不是一条直线，它有各种可能的方向。

瞿昙寺的上空不时有鸟群飞过，也有鸟儿在瞿昙寺停留，它们落在屋檐或者树枝上，在煨桑的香炉前发现了被遗落的粮食，趁无人时，它们飞落在地面啄食，而当有人走近时又疾速飞走停留在屋顶或枝头，有时它们也会飞到更远的一些地方，它们是怎样看待出现在它们生活中并日益熟悉的一座寺院，我不得而知。动物的记忆是碎片化的，但它们有了在这儿能找到食物的记忆，仍不时会回到这里。

而人的经验是可以串成链条的。我从第一次走进瞿昙寺至今已三十多年了，尽管我并没有到瞿昙工作，但其间，我无数次到过这里，每次都会有新的认识和感受，瞿昙寺就像一本深厚的典籍，需要我们专注而深入地研读。回想着瞿昙寺的种种传说，我恍然觉得远逝的历史已悄然从遥远时光的隐秘处一步步来到我的眼前，渐渐变得清晰起来。

在时间的长河中，生命只是一个停顿，一切的意义都只在它发生的那一刻。

历史的原貌总是能激发我们的想象，穿过时空长长的隧道，我们仍然能够连接起历史变迁的过程，以我们更为丰富的想象，触摸到它从岁月深处传递的温度。

瞿昙寺，不经意间就成了这块地方的精神高地。

30

此刻，我站在十九楼的窗前，面向南方，视野开阔，那连绵不断的拉脊山形成南部的天然屏障。乐都境内的拉脊山自西向东主要山峰有阿夷山、马阴山、花抱山，而我目光正对的前方正是巍峨挺拔的马阴山，它奇峰突起，与其他山峰联为一体。马阴山下的药草台林场是乐都三大林场之一，它分为东沟和西沟，由于有几道山、几道弯，向阳的山坡上，林色鲜翠、枝繁叶茂、郁郁葱葱；背阳的山坡上，大片的森林在阳光的照射下，像排成阵式的部队，静静地守护着群山的安宁。这使我突然想起陈兵耀武的隋炀帝，公元609年，隋炀帝杨广由临津渡过黄河西巡至此，一场名为冬狩，实为宣扬隋朝军威的狩猎在马阴山（古称拔延山）展开。《隋书·礼仪志》中详细记载了公元609年隋炀帝狩猎的情况，书中记载，隋炀帝狩猎时，除了他所带领的将帅、宫娥等，还有前来朝贡的突厥、东胡、吐谷浑等少数民族政权的使者以及周边的百姓近四十万人，一时间，拔延山上旌旗遍野，鼓角震天。这次狩猎就有了"欲夸以甲兵之盛"的意思，在大猎拔延山后，隋炀帝率兵西进在覆袁川（今门源西永安滩一带）大败吐谷浑，至此，青海又纳入中原王朝的版图。

隋炀帝陈兵耀武的鼓号声已成为历史的记忆，今天的马阴山在苍茫的岁月中焕发出无限生机。在那重山叠嶂、嶙峋起伏、松柏碧翠的地方，一股清澈的溪水，从东山沟深处的沟岔里潺潺流出，滋润着马阴山下的每一寸土地。

从山脚到山顶，依高度变化，生长着多层次的植物群落，山上松柏森森，缓坡地带灌木葱葱，田野稼禾黄绿相间，组成了一幅五彩缤纷的美丽图画。

被称为"瞿昙寺下院"的药草台寺，就坐落在药草台附近的台沿村，据《安多政教史》记载，该寺在明万历年间常住僧侣达400多人。每年正月、四月、六月、十月举行四次大型集会，称为观经会，每次三天，其中六月观经会还有跳神晒大佛等活动。《西宁府新志》曰："药台在城南五十里，瞿昙寺下院也；依山临流，多产药草，因为寺名云。"寺院建有经堂、弥勒殿、三世殿、山门、菩提佛塔等，蔚为壮观，古朴典雅。南山积雪、药草清泉、田园牧场、古刹村落交相辉映，一派自然和谐的生态环境。

当我在无限的遐想中把目光从远处拉回，俯视前方，一组仿古建筑的院落在文化公园茂密的树木与邻边错落有致的建筑群中显得格外醒目，这就是建立于清乾隆二十四年（1759年）的乐都凤山书院，虽几经风雨、几经搬迁，但穿过260多年的时间长廊，仍然散发出润泽湟水两岸的耀眼光芒。

乐都地区的教育事业历史悠久，东汉《三老赵掾之碑》记载："听讼理怨，教诲后生，百有余人，皆成俊艾，仕入州府，常膺福报。"南凉时期，根据史嵩的建议，曾设立学校，选出有德望的先生教育贵族子弟。隋唐以后，在此设私塾、义学，让子女就学。凤山书院建成后，入院学生主要学习"四书五经"。乾隆五十六年（1791年），经改建增修，初具规模。光绪三十一年（1905年），凤山书院改为碾伯县立高等小学堂；民国二年（1913年），碾伯县立高等小学堂改为碾伯县立第一高级小学校，并随之在高庙镇设立第二高级小学校，在李家乡大洼村设立第三高级小学校。民国十九年（1930年）在瞿昙设立第四高级小学校，并将四所小学一律改为县立小学，同年成立了乐都中学。1958年在高庙镇筹建乐都县第二中学，瞿昙建立第三中学。由此可见，瞿昙也是教育发展较早的地区之一，在这块土地上，清代以来就培养出了一些宿学旧儒，如唐世懋、唐桂年、唐松年、谢善述等。

由凤山书院沿着乐都教育发展的轨迹，我再一次仰望马阴山，突然觉得朝向也是一种天然的提示，为想象力的驱驰引领了方向。"寂然凝虑、思接千载"，乍一起念，刹那之间便想起了马阴山下的古刹瞿昙寺，或者更为准确地说，是想起了一个词——"瞿昙"。

一处地名只是一个名称，但当你不断深入，知晓了它的来路，你就会发现它拥有更为丰富的词性，记载着鲜活的时代生活内容，隐含着一个地方的历史变迁。

三罗喇嘛于洪武二十五年（1392 年）建起瞿昙殿后，于第二年不远万里，跋山涉水到南京去觐见朱元璋，请求朱元璋为他的寺院赐名，朱元璋问三罗喇嘛寺院里供的佛像是谁，三罗喇嘛回答是释迦牟尼，释迦是族名，牟尼是梵语圣人的意思，瞿昙是释迦牟尼的俗姓，又译作乔答摩，朱元璋遂给寺院赐名瞿昙寺。

瞿昙寺在明王朝的大力扶持下，在永乐年间已拥有山场、园林、田地等资产。明宪宗又进一步赏给瞿昙寺田地、园林、牲畜等，为瞿昙寺形成寺院经济打下了基础，关于瞿昙寺的势力范围，也是由明王朝最高统治者亲自规定的。据谢佐先生所著的《瞿昙寺》中所述，明宣宗宣德二年正月初六日立于瞿昙寺前山门檐上方的一块皇帝敕谕横匾（现已不存），记载了这一范围："今西宁瞿昙寺，乃我太祖高皇帝，太宗文皇帝及朕相继创建，壮观一方，东至虎狼沟，西至补端观音堂，北至总处大河，各立碑楼为界，随诸善信，办纳香钱，以充供养。"(《宣德二年皇帝敕谕匾匾文》），这与流传于瞿昙寺地区民间口头唱词的内容是一致的。这一范围在历史上被群众称为"乐都七条沟"，包括了现在的下营、城台、峰堆、瞿昙、亲仁、桃红营、中坝等方圆上百里的地区，该地区藏、汉、蒙古、土族民户均要向瞿昙寺纳粮支差。

明宣德二年三月初二，明王朝又下令从西宁卫百户通事旗军调拨五十二名兵士到瞿昙寺，这些人长期定居在寺院附近的官隆沟，以保护巡视寺院。当地民间传说中称这些士兵为"军户"，据传几个"军户头"，按其职能分别名叫徐世印——世代保护大印和珍珠伞；杨纲总——主管旗和小伞；盛罗灯——主管唢呐法器等。军户头下面的兵士们做打扫、巡视寺院等杂役。明廷分给这些军户的饷粮田地后来变成了寺院田产，军户的后代们也渐次成了寺院的佃户。这种传说是可信的，因为现在瞿昙寺北面不到一里的地方有村名叫佃户村，而且佃户村徐、杨、盛三姓仍在，不过瞿昙寺内的永乐十六年碑文就有"所有佃户人等供给寺内一应使用"的语句，证明在这五十二名士兵到达瞿昙寺的前十年，瞿昙寺已有佃户了。

新城街作为整齐的街坊村镇出现，应当是在瞿昙寺寺院经济体制形成之后，这与青海后来兴起的一些藏传佛教格鲁派寺院，如塔尔寺附近有鲁沙尔镇、同仁隆务寺附近有隆务镇一样，都是寺院经济发展的必然产物。

据说，早在明清时期乐都就有碾伯、高庙、瞿昙三处集市，瞿昙集市就设在瞿昙寺所在地。可见，当时因为寺院经济的兴起，瞿昙就成了南山地区经济、文化中心。

从宣德年间至正德初，青海境内未发生大的战事，正德以后，蒙古各部陆续进入青海河湟地区，为防蒙古的抢掠，这里增筑堡寨、边墙等防御工事。明代西宁卫辖堡寨 240 处，其中嘉靖十三年（1534 年）至万历年间新筑 159 处，而瞿昙堡修筑于明神宗万历元年（1573 年），到了清雍正三年（1725 年），清王朝废除西宁卫碾伯右千户所，改为碾伯县，设 48 营堡，瞿昙堡是其中之一。民国二十年（1931 年）设立瞿昙乡，后撤乡建镇，该地名沿用至今。一座寺院的名字演变成为一处地名，因一座寺院的出现兴起一个乡镇，这期间必然经历了多年的发展积累，也必然会沉淀深厚的历史文化，仿佛经历了六百多年雨露阳光的滋润，自岁月的幽深里散发出浓郁的馨香。当你了解了一处地名的来历，你就会发现它不仅仅是一个简单的名词，它拥有更为丰富的内涵，藏匿着自然、历史、传说……一个原本抽象单调的地名变得具体而生动，丰富而深刻，使我们在穿越时光漫漫长廊时，进入彼时的天空和大地，六百多年的佛光照射，仿佛一种加持，为地名灌注了灵动的气质，有了鲜活的生命气息，总有一些地方与处于某个生命时段的你，产生一种共鸣，时间和空间的结合，孕育出了某一类文化的气质，精神的风度。

31

　　瞿昙是以汉藏为主体的多民族地区，村内汉藏民族杂居，其中石坡、台沿、浪营村藏族相对集中。汉藏杂居，相互融合又形成了瞿昙宗教文化的多元性。瞿昙寺因以释迦牟尼佛祖的古姓命名而不同凡响，瞿昙地区不仅有藏传佛教传播教化的历史进程，更以彩陶文化彰显了这个地区的历史渊源。据《乐都县志》记载，彩陶文化中有马家窑文化马厂类型遗址的河西村，辛店文化遗址的斜沟门村，卡约文化遗址的朵巴营村等古文化遗址，被《易经》发展衍生的堪舆（亦称风水）文化，也在瞿昙得到了充分的体现。古人先贤总结"风水宝地"一般要具备负阴抱阳、背山面水、"四象毕备"的要素，即前朱雀后玄武，左青龙右白虎，尤其讲究来龙、案砂、明堂、水口、立向，要符合建筑环境要求。不仅追求峦头形势之美，也注重理气风水的运用，特别讲究空间和时间的时空配合和运算。出生成长于瞿昙，又长期在瞿昙从事教育工作的原乐都三中校长荣积珍先生曾对瞿昙寺风水有深入研究，他认为瞿昙寺的风水是很有讲究的，他说，如果从瞿昙寺现址迎山脉来处寻找祖山的话，瞿昙寺主山罗汉山属马阴山支脉，马阴山则成为瞿昙寺的列祖山，而马阴山本属拉脊山脉，不论是马阴山还是拉脊山，均是巍然高大耸入云端，鹤立鸡群于众山之中，气势磅礴如龙楼宝殿，起伏开帐，逶迤蜿蜒，有辞楼下殿之势。再看快接近主山罗汉山的大顶（地名）之下，成为典型的"束咽"（收束细窄如人咽喉），束聚为"蜂腰、鹤膝"，古人云"蜂腰鹤膝龙欲成"，凡见此形则龙将结作，可在附近求穴场。距离"束咽"处向前行三百米左右，山脉竟然成为犹如金身罗汉威武打坐一般的"罗汉山"。

对于山脉的命名大多是根据堪舆"呼形喝象"的原理，以山脉之形象来命名并且助发山水的风水功能。瞿昙寺的主山正是由于"呼形喝象"而得名。在瞿昙寺的青龙位癸山方向是"庙顶子山"，山势逶迤蜿蜒，白虎位庚山方向是俗称的"孥寺坡"，如白虎入睡，在这个布局中孥寺坡形同汉字中的一"丿"（撇），庙顶子如"乀"（捺），撇和捺如同人的两只手，主山罗汉山如同中间一"丨"（竖），如人的躯干，这样就构成了一个"个"字"开面"的环抱形穴场，在风水布局中属上乘之局。

整个瞿昙寺的建筑以中轴线对称分布，中轴线的坐向为亥山方向，辛亥气、正亥龙珠宝穴，属大吉之坐向。再加上瞿昙河水从寺前潺潺流过，蜿蜒迂回，曲水收气，这条理想的河水正欲从坐山山脉走向垂直的角度来拥抱吉地，如"玉带缠腰"，真可谓山水相宜，充实了瞿昙风水的丰富内涵。

瞿昙寺的朝案之山（民间称照山，亦即朱雀位）为"凤凰山"，它以凤凰单展翅的山形名闻梓里，它的左翅长岭（地名）呈收势，而右翅长岭（地名）舒展翔舞。从瞿昙寺的大环境来说，不仅"四象俱备"，而且"玄武垂头、朱雀翔舞、青龙蜿蜒、白虎驯服"。

盛家峡水库的建成，使瞿昙河高峡出平湖，它既控制了山洪，又调节了河水流量，拦水藏气更加强了"水口关拦"聚财发福的风水功能。

荣积珍先生对瞿昙风水的研究和解读，让我们大长见识的同时，也更加深刻地感受到传统文化的博大精深。其实风水学在我国源远流长，原因是风水关注的是人与建筑、自然的现实关系。它是我们祖先经过长期实践和思考，在大量的经验基础上总结出来的关于环境、地理、健康的学说。风水其实是一种传统文化观，是一种广泛流传的民俗。

站在今天的角度，运用传统的堪舆理论来看瞿昙寺的风水，可以想象到，为了选择寺址，当初三罗喇嘛运用自己深厚的佛学造诣和地理知识之外，也许还邀请了当时有名的堪舆名家参与寺址的勘察。

"物华天宝，人杰地灵。"瞿昙正是由于具有这样得天独厚的地理环境，不仅孕育了丰富多彩的瞿昙历史文化，并且几百年来得以传承发扬光大，也造就了一大批近现代瞿昙人才。唐世懋、唐桂年、谢善述，他们以自己深厚的文化底蕴，分别获得了清例授文林郎候补奎文阁典籍碾伯县优廪生、国子监太学生、清光绪乙酉年选拔贡生，并成为瞿昙地区教育事业的先驱，为瞿昙地区尊师重教的优良历史传统奠定了现实的基础。

除风水堪舆文化外，中华传统文化中的儒、释、道在这个地区也留有较多的历史文化遗迹，佛教寺院有瞿昙寺、药草台寺；庙观有建立在新联村的福神庙、关帝庙，磨台村的文昌宫，徐家台村的龙王庙，各村供奉的佛教菩萨，道教祖师；藏族群众居住地的俄博阵子等。千百年来大家都敬奉自己心灵的守护者和精神的寄托者，彼此相互尊重各自的宗教信仰，神秘的宗教文化在净化心灵和寄托期盼中起着潜在的作用，瞿昙的宗教文化体现了各宗教文化之间相互平等、相互渗透、相互影响、相互依存的关系，也有效地维护了本地区的民族团结。一个山区小镇竟留下了如此众多的历史文化积淀，我们今天有必要重新认识瞿昙，有必要探究宗教文化影响下历代先民的思想观念、道德风范以及民俗文化的形成。

生产力水平影响着生活方式，例如，早在汉代就已产生的水磨技术，在过去的瞿昙沟就已实行，吴家台出土的汉代菊花面石磨就是明证，乡民利用瞿昙河水，建起了一溜水磨坊，在水磨坊附近又建起油坊，沿瞿昙河建起的水磨坊有石坡磨坊、浪营磨坊、磨台磨坊等，也许"上坝田地下坝磨"的农谚就出自瞿昙。历代先民分别在川水、浅山和脑山三大不同的自然环境中，种植小麦、青稞、马铃薯、豌豆、菜籽等。因地势高低程度不同，气候差异较大，农作物的播种、出苗、成熟收割等，川、浅、脑各不相同。水地惊蛰前后种小麦，春分前后浇水并播种油菜，清明种瓜菜。浅山春分播种，脑山清明播种。农民们口头传承的农谚，按二十四节气从事农事活动，密切关注气象。早在先秦时代就开始摸索积累，到汉代完善确立的二十四节气，早已成为人们认知一年中的气候、时令、物候等变化规律的知识体系。春分祭日，秋分祭月，为了收成要祈年，因为干旱要祈雨，恭谨地礼天敬地，顺候应时，正所谓"跟着节气过日子"。谚语说："惊蛰宁，百物成。"人们希望惊蛰时候的天气要平和一些，不要过于跌宕和狂躁。春耕后，期待春雨的润泽。千百年来，谚语保留着许多对生产生活颇有用之处，对世道人心颇有教益的东西，它包括了气象、农业生产、教育引导人等诸多方面。

　　谚语虽是黎民百姓的家常话，但在家长里短中包含着生活哲理与人生哲学，古往今来，谚语始终自觉地承担着一种社会教化功能，如知时节的春雨，"随风潜入夜，润物细无声"。即使是从未上过学的人之父母，亦可用谚语来教育子女，引导他们知行合一，崇善向上。正是这种浓郁的民俗文化和深厚的农耕文化影响，瞿昙以"耕读传家"蔚然成风。

　　走进瞿昙你会感觉到浓厚的农耕文化氛围，进村入户，会看到许多人家大门门额上"耕读传家"四个大字，有的端庄工整，有的俊秀细腻，有的圆润光滑，有的苍劲有力，这些笔迹大多出自有威望的学者之手，有的还是名家。"耕读传家"的意念牢牢地印在这些庄户人心中，好像总在激励人们在解决物质需要的同时，追求更高的精神需求，有些人家墙上所挂的字画，也多有耕读传家的内容，"此地不嚣不俗，其间亦读亦耕""乐山乐水新院落，半耕半读旧生涯"，耕读传家的家风，滋养着一方水土和一方人。

　　民国初年，在瞿昙寺附近设县立第四高级小学校后，当地的汉、藏族群众送子女上学读书，把学文化当作一件重要的事情来看待。半个多世纪来，当地一直延续着小学生毕业时，家长要择日设宴祝贺的习俗。当地农民把小学毕业生看作"先生"，父母引为无上的光荣，认为家中供出了"先生"，亲戚朋友们都前来鸣炮搭红，表示祝贺。这种习俗一直延续到20世纪90年代中期，由此也可看出当地对教育的重视程度。这种尊重知识、尊重人才的习俗，使当地形成了一种良好的文化氛围。

瞿昙还有崇尚书法的传统，春节写对联讲究书法，立门上梁讲究书法，堂屋陈设讲究书法，一般农户家中都收藏有出自全省名家之手的书法作品，有时你偶尔走进农户家，会被挂在中堂的书法作品吸引发出意想不到的惊叹，这地方的农民尊崇书法和书法家，能写几笔字的也不乏其人。到村民家中去串门，如果家里挂着一幅字，他必定请你评判一下这字的好坏，如果这幅字多少有点来头，主人说起来更是神采飞扬。

青海省著名作家、青海日报社原副总编王文泸先生曾在20世纪90年代初担任工作队队长到瞿昙下乡开展社教活动，在与当地群众相处的过程中，感受到这块贫困地区与其他贫困地区的精神差异。他说，在同样纯朴的乡风民俗中氤氲着一层文化气质。这里的人好谈历史，热爱书法，崇敬文化名人，即使是没有文化的人，也不缺乏对文化的敏感，不缺乏对那些远远高于他们的水准的传统文化的欣赏态度。他们有礼貌地待人接物，用文明的语言和人交谈，自觉维护着一些约定俗成的文化规则，从而使看起来稀松平常的乡村生活因为有了文化的骨架而变得法度井然。

王文泸先生说他与当地乡民交谈，注意着尽量使用生活化的词语，比如把生活叫"光阴"，产量叫"收成"，土块叫"干胡"等等，以表现自己贴近群众的态度。而乡民们正好相反，他们尽量挑拣文雅的词语，以表现他们贫而不俗。有一回，他和两位记者去徐家台村了解一件事情，途经一溜短墙，见两位须发斑白的老人正坐在墙根曝阳闲话，便过去和他们打招呼，随后蹲下来，向他们询生产生活方面的情况。交谈中，其中的一位忽然问道："不敢动问王队长贵庚多少？"当王文泸先生回答说"虚度四十有六"时，这位老者频频颔首："噢，年富力强，年富力强！"而另外一位接着又问："王队长仙乡何处？""敝乡贵德河阴。""噢，好乡土，好乡土！"两张皱纹密布的脸上，再次绽开温文尔雅的微笑。

当我读到王文泸先生的大作《文明的边缘地带》中描述的上述情节时，我在忍俊不禁的表情中，突然对瞿昙这块地方心生敬意。时间的积累，定会沉淀一些东西，瞿昙以她的山水慧根、钟灵毓秀，既成就了瞿昙历史文化，也养育出了一方优秀儿女，就是这个人口只有700多人的徐家台村，近年来走出了7名博士、27名硕士，恢复高考以来该村有185名学子进入高等院校。

记得刚参加工作时，我看到县城的一个书店张贴的"穷人因书而富，富人因书而贵"的对联时，坚信知识是会改变一个人的精神面貌的，王文泸先生笔下的瞿昙乡民就是实证。

我常常想，居住在瞿昙寺周边的乡民，并不一定就具有欣赏文化艺术的修为，但他们多年来逐渐形成并传承的对文化的景仰，一定与瞿昙寺几百年的艺术光芒的照耀有关。

32

"花儿"是流传在中国西北部甘、青、宁三省区，由汉、回、藏、土、撒拉、东乡、保安、裕固等民族共同传唱的一种民歌。唱词浩繁，文学艺术价值很高，被人们称为西北之魂。"花儿"音乐高亢、悠长，民族风格和地方特色鲜明。不仅有绚烂多彩的音乐形象，而且有丰富的文学内容。反映生活、爱情、时政、劳动等内容，用比、兴、赋的艺术手法即兴演唱。语言朴实、鲜明，比兴借喻优美，有比较高的文学欣赏和研究价值。青海素有"花儿"家乡的美称，一年一度的瞿昙农历六月十五"花儿"会盛况空前，经久不衰，显示出"花儿"文化的独特魅力。瞿昙"花儿"会在当地民间孕育了许多传承人和大批"花儿"歌手，也因为"花儿"，瞿昙被原国家文化部评为"中国花儿艺术之乡"。2006 年 5 月，瞿昙寺"花儿"会经国务院批准列入第一批国家级非物质文化遗产名录。

瞿昙农历六月十五"花儿"会是由瞿昙寺庙会发展而来的，瞿昙寺每年农历四月初八、六月十五，举行盛大的佛事活动，祈祷天下太平、风调雨顺。

清道光年间，在瞿昙寺右侧，当地民众又盖起一座关帝庙。当初，因农历六月青稞即将收割，在这里敬神唱戏、祈祷神佛，保佑万民，使庄稼免遭雹灾之害。特别是每年农历六月十五的观经庙会，已形成大型的、传统的"花儿"盛会。庙会形成今日的"花儿"会，有几段来历，据曾长期在乐都统战部门工作并潜心研究乐都历史文化的拉有清先生考证，瞿昙寺原来信奉藏传佛教噶举派，后来宗喀巴创立格鲁派后，瞿昙寺改宗格鲁派，这件事引起了青海噶举派的强烈不满。《西宁府新志》记载，嘉靖三十七年（1558 年）"七月，红帽儿番（属噶举派）入掠瞿昙寺"。此举是对瞿昙寺改宗的惩罚。对红帽儿番入掠瞿昙寺，后来民间传说当时从遥远的牧区派来了尕辫辫（牧区藏族留发辫，故称之）攻打寺院，当时寺院被围得水泄不通，因敌军势大人众，加之连日攻击，瞿昙寺城池眼看不保，守城民众和僧侣十分着急，就在这节骨眼上，有一个守城的青年站在寺院城墙上唱起了"花儿"，高昂的歌声划破了夜空，传到了很远的村庄。四方百姓听到"花儿"声觉得蹊跷，都想探个究竟，打着灯笼，从四面八方涌来。敌军以为援兵到来，误以为被包围，慌乱中四散逃命。敌军退了，瞿昙寺得救了，从此"花儿"在瞿昙扎根了。

另一种传说，有一股土匪包围了瞿昙寺，部分当地的百

姓和僧人们只好躲进寺院，关闭了瓮门（进出寺院的第一道
门）等待救援。由于瞿昙寺建在城内，周围有四五米高的围
墙，百姓和僧人们站在围墙上日夜守卫，这样僵持了多日久
攻不下，攻打寺院的土匪就聚集在罗汉山的西面，居高临下，
架起土炮，情况万分危急。此时，主持寺院的一位高僧说：
当地不是有一种山歌可以聚集人吗，为何不用山歌来联系众
乡亲解救寺院眼前的危机？明天又逢农历六月十五，前来拜
佛上香的肯定会很多，到时便可解救寺院，于是"花儿"把
式就编唱道：

> 西天取经的唐三藏，
> 他经历了八十一个难了；
> 今儿个瞿昙寺遭难了，
> 拼命（者）要保个它哩。

随着"花儿"的传唱，险情迅速在十里八乡传播开来，"花
儿"的爱好者，虔诚的信教者，家乡的保卫者，源源不断地
集结而来，这可吓坏了围攻的土匪，他们见人多势众，便放
弃了攻打寺院的企图，随即撤离。这正如"花儿"里唱的：

> 八十三万下江南，
> 火烧了曹操的战船；
> 漫山遍野（者）唱少年，

吓破了土匪（者）狗胆。

　　事后，寺院活佛为感谢众人在保卫寺院中所做出的贡献，打破了寺院修行地界内不许唱"花儿"的规定，欣然允诺每年六月十五前后瞿昙寺周边可唱"花儿"，并将寺院林地开放，供当地群众进行物资交流、举办"花儿"会等。由此，瞿昙六月十五民间"花儿"会一直延续至今。

　　瞿昙"花儿"会一般举行三天，从农历六月十四开始拉开序幕，十五进入高潮，十六傍晚才近尾声。寺院旁边的树林里簇拥着许许多多的青年男女，拉的圈子或大或小，聚集的人数或多或少。一曲"少年"出口时，那歌声，如带哨的鸽子飞向了蓝天，高亢、清脆、委婉、跌宕的"花儿"声，从林荫深处，与伴奏的唢呐声、二胡声、笛子声交相应和，悠扬起伏，那深沉的意蕴如醇酒芳香，令听曲者如痴如醉。有一首"花儿"唱出了当时的盛况：

　　　　　　　　一湾两湾走三湾，
　　　　　　　　道道湾，湾道里尽唱的少年；
　　　　　　　　一遍两遍听三遍，
　　　　　　　　音不断，耳朵里响给了九天。

　　瞿昙"花儿"会人数之多，规模之大，唱词之丰富，曲令之繁多，场面之热闹，是其他地方的"花儿"会无法比拟的。瞿昙"花儿"以碾伯令为主,也有其他曲调如白牡丹令、尕马儿令、水红花令、三闪令等。由于瞿昙寺周边地方居住着藏、土等少数民族,藏族群众喜欢的情歌拉伊在这一地区也有广泛的基础。多民族歌手参与,"百花齐放"是瞿昙"花儿"会的一大特色。瞿昙连续多年举办"花儿"演唱会、擂台赛,一时省内"花儿"名家聚集,成为青海有名的"花儿"会场。1964 年,我省著名的"花儿王"朱仲禄,参加了七天的演唱会,对当地的歌手鼓舞很大,"花儿"歌声更为高涨。著名"花儿皇后"苏平专程来瞿昙举办了个人"花儿"演唱会。"花儿王子"马俊也常来此献艺,一些歌手从这里走出乐都,走出青海,走向全国,走向了世界。藏族歌手乔麻尼于 1955 年参加全省文艺汇演荣获一等奖,1957 年赴俄罗斯参加了世界青年联欢节。藏族女歌手董尕让于 1978 年赴北京参加了民歌演唱。1979 年全省"花儿"擂台赛在瞿昙举行,当时歌手云集,盛况空前,乐都歌手李树林、董尕让分获个人一、二等奖。1983 年,在瞿昙寺"花儿"会擂台赛上,各地歌手汇集一堂,登台献艺,国内 12 个省的采风团纷至沓来,参观取经。

"花儿"在内容上是反映男女爱情为主的,在手法上都用比兴手法(前半阕比喻,后半阕点题),音调高亢、悠扬,反映了西北地区辽阔的地域特征。乐都瞿昙寺于每年农历六月十五举行庙会,各地信教群众届时到寺院"进香还愿",渐次变成了"花儿"会物资交流会。改革开放以来,文艺团体参会演出，成为南山地区一年一度具有地方特色的民间文化娱乐活动。瞿昙寺所在地瞿昙镇被正式命名为文化之乡，这是有历史渊源的。

33

"花儿"主要是歌唱爱情，这与寺院的戒律是相冲突的，一般来说，是不允许在寺院周围演唱的，可瞿昙的"花儿"会跟瞿昙寺一样闻名遐迩。

关于"花儿"会的起源，学界比较普遍的看法是"花儿"会源于庙会，庙会的起源与婚姻爱情有密切的关系。在封建专制主义统治趋于完善的明清时代，封建礼教严重束缚着人们，男女青年要求婚姻自主的愿望是很强烈的，男女青年以唱山歌的形式表达各自内心的倾慕之情，那是很自然的。庙会为人们聚集在一起专门演唱表露爱情婚姻之歌提供了一个特殊的平台。赵世瑜说，在中国传统社会中寺庙与民众生活之间关系密切，与农业相关的寺庙众多，寺庙与生育问题的联系也引人注目。我省民俗学研究者、青海师大许四辈教授提出：青年男女们来参加庙会是带着目的的，他们以唱"花儿"的形式表露爱情与祈求神灵是有一定关系的。人们在这样一个时空，采用"花儿"对唱的方式集会，肯定有更深层次的目的和动机。他认为，这个更加深层次的动机是祈求生殖。

　　"花儿"会是伴随着农事活动进行的，"花儿"演唱基本上是沿着从青苗除草到庄稼开镰收割的农事过程进行的，集中、大规模演唱狂欢的"花儿"会都在农历六月初到六月中旬，各地庄稼即将成熟收割期间。这种合拍，其实正表达了先民祈求生殖的意愿。在农作物丰收时，人们也希望自身的丰收。民间流行的送瓜祝子、摸藤找瓜，婚礼中丢枣撒栗子，以枣、花生、桂圆、莲子、核桃来铺婚床的习俗至今在河湟一带存在着，寓意"早生贵子"，铺核桃还表示期盼生男孩。"花儿"会选择这样的时间进行，正是传达了人们不但希望农业丰收，而且希望自身壮大的愿望。

　　在古代，人类对各种自然灾害、疾病严重缺乏抵御能力，人类自身存活率低、寿命短，生产能力低下，个体获取劳动果实的能力十分薄弱，因而大大增强了对人口数量的强烈需求，人口繁衍显得极为重要。主宰生育的神灵也因此成为人类最为崇拜的神灵。

　　在前文，我曾提到瞿昙寺隆国殿内有一棵裹着绫绸，挂满荷包、童鞋的"珍珠树"，被善男信女们奉为神树，成了向神明祈求儿女的地方，虽然其中的缘由至今不甚了然，但正如许四辈教授所言，"花儿"会举行的特殊场域、特殊环境不是随意选定的，"花儿"会期间的信仰习俗更加明确地表达了人们的生育祈求。由此也可确信关于"花儿"会缘于庙会的起源之说确有一定依据。

34

　　乐都素有"南山射箭，北山跑马"之说，乐都南山地区民间传统的射箭活动，距有四百多年的历史。据我省藏族学者杭秀东珠先生在其所著《卓仓藏族源流考》一书中记载，原住玉树称多境内的红帽儿番于公元 1600 年前后联合瞿昙寺囊索政权合兵肃剿蒙古残余势力，并与囊索政权梅氏家族联姻成亲。为此，红帽儿番中的一部分人留居于瞿昙寺囊索政权管辖的卓仓地区，成为卓仓藏族的一部分。红帽儿番在长期的征战生涯中练就了"能骑善射"的本领，迁入卓仓后，无疑把"能骑善射"的绝技传授给了他们的子孙后代，也影响了附近汉、回等民族。另有一种说法是：明正德四年（1508年）蒙古亦卜剌部族起兵反抗新兴贵族达延汗失败后，进入甘青一带的沙州、瓜州等地，赶走了原在这里驻牧的藏族部落，原居住在沙州（今敦煌）的红帽儿番亦被迫迁至河湟流域。据《西宁府新志》记载："红帽儿族，沙州番也，一云安定王部落，正德中为海敌（亦卜剌部）残破，流沙州外，后徙西宁塞外。善射，海敌畏之。"

　　自红帽儿番进入河湟流域后，被当地部落所接受，并融入当地民族之中。从此，红帽儿番高超的射箭功夫被当地人们所接受，并一代一代流传下来，一直延续到现代社会，经过几百年时间的传承，乐都南山地区（史书上一般称"卓仓地区"）射箭比赛，由原先在藏族单一民族中扎根、发展、成型，逐步扩展到汉、回等民族，由原先在乐都、平安南山的藏族村庄逐步扩展到湟水以南、黄河以北的广袤区域。

乐都南山射箭一般以村为单位进行比赛，实行主客场赛制，射箭活动已形成了一定的风气和规模，年年举行，村村参与，人人参加，并形成了一整套射箭程序及规则，整个射箭活动分祭弓、请箭、布排箭场、比赛、置公馆、送箭手等几个环节。

我观看过几次射箭比赛，在比赛中，每射中一箭，箭手和全体队友都要庆祝一番，其方式是：射中者，一手举弓，一手叉腰，又呼又叫向箭场中央冲去，队友们欢呼雀跃紧随其后排成一行或两行整齐的队伍既歌且舞地跑出去，高声呼喊，或如鸿雁归南，一溜排开；或如将士出征，步履铿锵。十几条汉子，异口同声，同时吆喝一个调子，有力地踢踏着相同的步子，将箭手迎回队列，并以一长两短节拍大吼一声，这一声吼叫做"贺箭"。

随着历史的发展和文明程度的提高，弓箭从原始的狩猎工具到作战武器再成为民间竞技活动的器械，其性质已发生了根本性的转变，成为历史变迁和社会进步的物证，是历史文化以一种形态向另一种形态的演变，其象征的文化内涵极其丰富。

作为一项传统的民间体育活动，乐都南山射箭保留了很多传统的仪式和礼节。在祭弓仪式中，我们看到了象征藏族人民智慧经验和结晶的"箭"文化，它不仅蕴涵着吉祥、平安、胜利的美好心愿，更是保留了当地人民对历史记忆的追溯和认同。这种射箭习俗说明了卓仓地区的藏族保持着吐蕃人纯正的民俗文化传统。它内容丰富，既有藏族游牧文化的特征，又有汉族农耕文化的特点，地域文化特色浓郁。正如出生成长于此，曾任瞿昙乡乡长、射箭爱好者赵英先生所述，经过几百年时间和无数射手的实践，动中有静、静中有动，动静结合的箭文化再现了原始部落社会的狩猎文化；表现了图腾崇拜，寄希望于神灵的宗教文化；再现了步调一致，装束整齐，铿锵奋进的军旅文化；凸显了民俗民风中五彩斑斓服饰文化和不拘一格、各领风骚的歌舞文化以及本民族本区域的美食文化。这些文化有力地促进了箭文化的不断发展，而箭文化又激活了这些文化的不断创新。南山射箭闻名遐迩，成为当地一道亮丽的风景线。

乐都南山射箭，2006 年被列入青海省非物质文化遗产名录，2008 年被列入国家级非物质文化遗产名录。2009 年，乐都举办了首届国际民间传统射箭邀请赛，成为河湟地区举办的一大民间赛事，盛况空前。无数射箭爱好者在实践中创造出了"湟水谷地流派"的射技、射法，使箭文化的内涵及它衍生的周边效应日益丰富。从 2016 年开始，在一年一度的全省"丝路花儿艺术节暨河湟民俗文化节"中，射箭比赛和瞿昙"花儿"演唱会都是活动中的主要内容。

35

在春节和藏历新年之际来到瞿昙，你会被粗犷和柔美的藏舞所倾倒。瞿昙藏舞属安多卓仓歌舞体系，"卓仓"主要指青海东部的乐都、平安和黄南部分藏族聚居地区，这一带是黄河从巴颜喀拉山发源后流经青海南部又经甘南迂回青海境内形成的"S"形大弯，历史上这块广袤的土地，曾是羌人、鲜卑人、吐谷浑人、吐蕃人以及后来的藏、蒙古、回、土、撒拉、汉族等民族繁衍生息的地方，由于战争和各民族之间的交往，这一带的各民族文化艺术更是相互吸收、相互融合的。卓仓地区既有农业区，也有牧业区，农牧区的生活环境、生活方式、风俗习惯和文化传统，使得这一带的藏族群众有独特的民俗。卓仓地区的藏舞既有玉树、果洛舞者传授的精髓，又有东部农业区汉藏文化交融的特色。同时，又融合了本地汉族社火的某些元素，因此，它的动作既豪放、潇洒、飘逸，又细腻、内秀，形成了独特的舞蹈形式。

藏族舞蹈拥有深厚的历史积淀和文化底蕴，作为一种文化现象，它不仅有着丰富多彩的内容，而且有着十分悠久的历史。

吐蕃赞普松赞干布时期创制了藏文字之后，佛教在藏族地区得以广泛的传播和发展，在其发展的过程中，整个藏族地区的一切文化和生活，大都带上了浓郁的宗教色彩。歌舞也不例外，在很多的民间舞蹈和唱词中都深深打上了佛教的烙印，从巫舞到歌舞的发展过程中形成了独特的藏传佛教艺术。在生活中尊崇于佛法的形态在藏族舞蹈中也多有体现，如低首俯身而舞、环舞等。藏传佛教的伦理道德观对藏族社会影响颇为深远，如青海藏族地区至今仍然保留着跳环形舞蹈时人们面朝圈内，顺时针方向绕场的古老习惯，这明显受到宗教影响。高原独特的地理环境和浓厚的宗教文化影响，使藏族群众对事物的认识都以和平、宽容为基础，这种文化现象反映在藏族的舞蹈中代表着藏族群众的一种凝聚力和向心力。

卓仓地区的舞蹈在动作和节奏上表现了藏族群众热情豪放的特点以及强悍有力和豁达开朗的性格，特别是长袖的舞动和飘逸，激起人们热爱生活、热爱自由的美好情感，给人们以强烈的感染。

说到瞿昙藏舞，石坡、台沿、浪营村藏舞队首屈一指，舞姿优美，尽显风采，他们先后在环青海湖国际公路自行车赛乐都段、全县春节文艺调演中特邀参加表演，大放异彩。

每当喜庆节日，就有藏族群众进行歌舞聚会，其不受人数、场地的约束和限制，也可以不用乐器伴奏，男女老少多则百人，少则几十人，甚至几个人都可以结伴而舞。

在瞿昙，每逢祥和、热闹的春节，你除了能欣赏到藏舞队精湛的表演外，那些以村社为单位自发组织的社火队演出也会让你流连忘返，他们从腊月开始排练，正月演出，为人们送来幸福、喜庆、吉祥和安康，而那些上了年岁的老人则更喜欢新联、斜沟村组建的秦腔班子演出的秦腔，还不时地随口哼上几句呢。丰富多彩的群众文化活动是瞿昙崇尚文化的又一大特点。

36

在瞿昙，藏医药的发展也历经了漫长的岁月，据说，唐朝时期，文成公主进藏时带入的一些医学书籍，促进了藏医药的进一步发展。公元 8 世纪宇陀·元丹贡布著成了《四部医典》，这是一部全面系统地阐述藏医学的经典著作，它的问世标志着藏医学理论已发展到相当的水平。17 世纪，五世达赖采取了许多重大措施使藏医药学进入了鼎盛时期。这一时期在塔尔寺、夏琼寺等著名寺院中先后建起了藏医学院，成为藏医教育和治疗中心。明朝时期，瞿昙寺、药草台寺也有僧人为当地群众治病。

瞿昙寺的金刚殿是前院通向中院的通道，宽三间深两架，面积 160 平方米，单檐悬山顶，前后开欢门，金刚殿门上方有一牌匾上书"金丹济世"，是清同治二年（1863 年）正月，晋州信士弟子孙应选所赠。瞿昙寺的活佛在甘肃平凉转了两世，他们以高超的医术而扬名，这块牌匾就是为他们而书赠的，藏医学在瞿昙寺、药草台寺都有传承和发展。

现药草台寺僧人洛桑于 1993 年在有关部门的大力支持下，成立了卓仓寺藏医诊所，2005 年改建为乐都县藏医院，

2015 年更名为海东市乐都藏医院，医院根据周边地区常见病、多发病的情况，遴选出具有特色优势的专科进行重点建设。目前，医院设有门诊部和住院部，临床科室设有肝胆科、心脑血管科、风湿科、外科、药浴科等重点医疗科室和影像科、检验科等医技科室。医院每年组织医务人员到瞿昙寺、药草台寺周边山谷的医院草药基地采集各类藏、中草药三百多种，在坚持传统藏药炮制的基础上，制成方剂、丸剂、散剂、颗粒剂等多种药品形式为患者服用，并开展藏医放血、艾灸、药浴、优杰疗法、热敷、油敷等藏医药特色医疗，充分体现了藏医药治疗的多样性，特别是藏药浴治疗，已有千年的历史，它借浴水的温热之力及药物本身的功效，使周身肌理疏通、毛窍开放，起到发汗退热、祛风除湿、温经散寒、疏通经络、调和气血、消肿止痛等作用，乐都藏医院在为广大患者治好病的同时，也进一步弘扬了藏医药文化，体现了藏医药在中华传统医学中的重要价值。

37

瞿昙寺给我们留下了极其丰富珍贵的文化遗产，同时也留下了一个至今仍未揭晓的谜团。在寺院周边，多年来民间一直流传着明代皇帝建文帝朱允炆就死于瞿昙寺的传说。明代开国皇帝朱元璋在位 31 年，太子朱标先他辞世，遂立长孙朱允炆为皇太孙。朱元璋于 1398 年去世，朱允炆继位，年号建文，史称建文帝。朱允炆在位期间听取一些大臣建议，要削藩以巩固自己的皇权。他的这一行动首先触及他的四叔燕王朱棣的切身利益。因不满当朝皇帝朱允炆的削藩举措，朱棣于1402年以"清君侧"的名义起兵反抗，明朝历史上著名的靖难之役由此展开。1402年初夏，朱棣攻下南京直抵皇城，然而呈现在他眼前的却是一片熊熊烈火，他的侄子朱允炆在这场大火中下落不明。

朱棣从他的侄子朱允炆手中夺取皇权后，首先废除建文帝年号，改为洪武三十五年，表明他不承认建文帝继承皇位的事实。同时，他将京城迁到北京，在皇位坐稳后开始大兴土木，在修建紫禁城的同时，派工匠以故宫设中轴线布局三殿的蓝图为据，在瞿昙殿之后修建中殿"宝光殿"，该殿竣工于永乐十六年（1418年）。中殿之后又修建了规模宏大的后殿"隆国殿"，竣工于宣德二年（1427年）。其后配以前后钟鼓楼，七十二间画廊。明成化年间起左右对称的两座御碑亭（分别藏洪熙元年和宣德二年的两通御制碑），标志着瞿昙寺整体建筑布局的基本完成。瞿昙寺后院的隆国殿和大鼓楼、大钟楼等建筑，是仿照明紫禁城的奉天殿、左翼文楼及右翼武楼建造的。隆国殿面阔七间，进深五间，殿内高阔的空间完全是一种宫殿的气氛，很少有宗教寺庙的神秘。寺内两侧廊庑纯粹模仿当时北京奉天殿两侧斜廊的形式，寺内楼阁式的配殿使用了与主体殿宇级别相同的庑殿顶。

庑殿顶是级别最尊贵的屋顶形式，只有最高级别的建筑才可以使用。在北京除太和殿的体仁、弘义二阁外，还未发现其他实例。隆国殿廊庑的外檐用一斗三升斗拱、钟鼓楼二层平座的滴珠板、隆国殿的"雪花簇六"隔扇等都和太和殿相似。

　　瞿昙寺后院的建筑装饰也处处体现了皇家风范。隆国殿及大钟楼、大鼓楼一组建筑彩画为明代早期官式彩画。大殿上的各种青瓦、吻兽规制统一，形象优美，与故宫早期琉璃吻兽如出一辙。龙瓦是当时官式形制，隆国殿上用的龙瓦和故宫早期的琉璃龙瓦完全一样，各种龙的造型令人叫绝。寺内的石雕装饰如隆国殿、御碑亭须弥座台基、望柱栏板、御碑须弥座、螭首等都显示出皇家风格。石雕陈设象背云鼓、六伏狮曼陀罗、鼎座等均为官式须弥座形象，石雕所用的花斑石产于河南浚县，这种石材历来为皇家专用，显示着皇权之尊贵，只有故宫坤宁宫、明十三陵用过。这些花斑石石雕陈设大多是明初不可多得的珍宝，是从河南浚县的官办采石场雕刻好后，千里迢迢运至青海的。同样，瞿昙寺的木雕和砖雕也处处使用了皇家建筑的元素。

　　值得注意的是，朱棣夺取皇位后，对瞿昙寺的关注超乎寻常，在他在位的二十二年中，从永乐六年到十六年的十年中前后立了三通御制碑。永乐六年（1408年）五月十五日在瞿昙寺内命立敕谕碑一块，碑文为汉、藏文对照，明成祖在碑文中强调指出："今特令主持瞿昙寺官员军民务要各起信心尊崇其教，并不许侮慢欺凌其常住，一应寺宇、田土、山场、园林、财产、孳畜之类不许侵占骚扰。"永乐十六年（1418年）正月二十二日又于瞿昙寺内立"皇帝敕谕碑"一块。碑文内容与永乐六年所立碑文一致，重申了瞿昙寺上层在当地所享受的特权，并重点强调："若有不遵朕命，不遵三宝，故意生事，侮慢欺凌，以沮其教者必罚无赦，故谕"。永乐十六年碑文内容上与永乐六年碑文所不同的是，六年碑是立给三罗喇嘛的，十六年碑则是立给三罗喇嘛的侄子班丹藏卜的。永乐十六年碑文第一次指出："兹者灌顶净觉弘济大国师班丹藏卜于西宁迦伴虎蓝满都儿都地面起盖佛寺，特赐名宝光。"这是我们从中得知瞿昙寺现址最早的地名和瞿昙寺修建宝光殿的具体时间。永乐十六年（1418年）三月初一在瞿昙寺内立"御制瞿昙寺金佛像碑"一块，明成祖在碑文中除宣扬佛教外，还说明了他下令铸造金佛像是因为"持以布施灌顶净觉弘济大国师班丹藏卜归于西土，济利群众，作无量胜果，增长无量福德"。

永乐皇帝去世后，仁宗朱高炽继位。洪熙元年（1425年）正月十五日明仁宗朱高炽命立"御制瞿昙寺碑"一块，碑文为汉、藏对照，文中表示明王朝崇尚佛教要"亘万万年永奠四极"的决心。提到前代皇帝兴建瞿昙寺的简单经过："命官相土审位面势，简材饬工，肇作兰若，高宏壮丽，赐名瞿昙寺。"仁宗皇帝在明朝历史上只当了一年皇帝就驾崩了，可从碑文的落款上看，洪熙元年正月十五，这就是说他在当皇帝的第一年的第一个月为瞿昙寺题写这通碑文，由此可见，明王朝对瞿昙寺的重视程度。

　　明宣宗朱瞻基继位后，立即下令继续扩建瞿昙寺，相继完成了后钟鼓楼、厢廊、隆国殿等建筑。宣德二年（1427年）二月初九这一天对瞿昙寺来说是一个非常重要的日子，是瞿昙寺后院落成典礼的大喜日子。瞿昙寺后钟鼓楼隆国殿的建筑十分浩大，隆国殿竣工于宣德二年二月初九，有现存寺内的金书"隆国殿"竖匾为证。在立隆国殿竖匾的同日，明王朝所派御用太监孟继、尚义、陈享和袁琦等人在隆国殿内立了"皇帝万万岁"牌。与此同时，于瞿昙寺内又立"御制瞿昙寺后殿碑"一块，碑文为汉、藏对照，文中记载了明宣宗为纪念先祖完成隆国殿等建筑工程的简单经过，"兹于瞿昙寺继作后殿，用循先志，增益闳规"，追叙了明太祖和明成祖对瞿昙寺上层的扶植情况。从宣德初年在瞿昙寺立的碑、匾、牌记中不难看出明永乐、宣德时期皇帝关注瞿昙寺的密切程度。在永乐、洪熙、宣德三代皇帝执政的三十三年中，御前太监、指挥等频繁往返于瞿昙寺与京城之间，如此兴师动众，几代皇帝高度关注瞿昙寺，种种迹象表明，建文帝逃到瞿昙寺的可能性是存在的。

38

　　2016年7月由中央新影集团韩君倩工作室与青海金麒麟文化传媒有限公司联合摄制纪录片《瞿昙寺之谜》，并在央视科教频道《探索·发现》栏目播出，该片的播出，使不少人知道了乐都瞿昙寺在历史上隐有重大的未解之谜。长达47分钟的纪录片，使人们了解到瞿昙寺的一些尘封往事，但谜底始终未能解开。谢佐先生多年来研究瞿昙寺的历史文化，尤其对建文帝逊国后去向哪里反复研究考证，认为建文帝隐居瞿昙寺的可能性很大，他有三点推论：一是创建瞿昙寺的三罗喇嘛在明初曾为"招降罕东诸部"受到明王朝器重，朱元璋为瞿昙寺"赐名"，而且封三罗喇嘛为西宁卫僧纲司都纲，并颁给信印。三罗喇嘛与朝廷关系密切，建文帝遇难后投奔三罗喇嘛是可能的。二是永乐帝朱棣在北京修紫禁城的同时派工匠以故宫沿中轴线布局三殿的蓝图为据，在瞿昙寺前殿之后修建中殿"宝光殿"，为三罗喇嘛先后立了三通御制碑，特许三罗喇嘛及其随从"自在修行，不许侮慢欺凌其常住"。这与民间传说已久的建文帝逃亡至此的口碑资料相印证。三是永乐帝朱棣去世后，宣宗朱瞻基宣德二年（1427年）瞿昙寺后殿即隆国殿竣工，隆国殿左右钟鼓楼也同时建成。藏传佛教寺院的一个突出表现是屋脊当中设置宝顶，瞿昙寺先前建成的几座大殿都设置有宝顶，唯独隆国殿屋顶不设宝顶。说明有别于一般的寺院建筑。隆国殿面阔七间，进深五间，其建筑规模之大，只有当时京城皇宫内奉天殿等才能与之相比，好多建筑装饰体现了皇家风范。因此，瞿昙寺隆国殿应该是为建文帝而建。

对此，拉有清先生也查阅和搜集了有关史料，认为建文帝逊国后落发为僧，隐居瞿昙寺的可能性很大。他曾专程赴甘肃省渭源县专题考察了解关于建文帝从甘肃渭源到碾伯瞿昙的传闻和史料。并通过对建文帝逃亡时跟随的贴身大臣郭节、赵天泰、程济等人的去向考证和对乐都地区杨、盛、徐、刚等姓氏家谱的考证认为：建文帝应该来过乐都瞿昙寺，他来瞿昙寺的时间应该在永乐六年(1408 年)至宣德二年(1427 年) 间，永乐六年前应该是在甘肃隐居。但专家学者的考证也只是一种推论。对于历史事件，倘若正史还有记载，地方史料更为翔实，那自然可引为补充考证；但若其他已被认可的史籍毫无记载，地方史志的只言片语抑或是鸿篇大论也只是孤证难以信服，在更有说服力的证据被挖掘出来之前，建文帝之谜仍是一个无法破解的谜团。

　　但生活在瞿昙寺周边的乡民们，祖辈相传着建文帝在瞿昙寺出家为僧的故事，代代相续。

39

　　孟继是永乐皇帝的御前太监，是兴建瞿昙寺的总管，宣德二年二月初九，瞿昙寺修建完工后，他带着其他太监和工匠准备途经西宁返回北京向宣德皇帝复命，当走到今高店镇大峡村的时候，突然身染疾病医治无效病死于当地，被葬在了湟水河南岸的大山里。据瞿昙文管所原所长李素成先生考证，当时，明王朝为他举行了隆重的葬礼，并在他的墓前雕刻了许多石羊、石虎、石牛、石马等，而且立了一块非常高大的石碑，碑上书刻了宣德皇帝的圣旨。凡见此碑者，文官落轿，武官下马，徒步而行，不知什么时候这通碑被人推倒了。民国时期有一巨姓老先生带学生挖土钻到碑身下抄写碑文，但所抄碑文不知去向。据当时参与的学生说，记得是御前太监孟继之墓，非常可惜的是墓前的石羊、石虎、石牛、石马都在1958年被人砸毁，石碑也不知去向。

2003年秋，我在乐都高店镇工作期间，听人说起孟继之墓，当时，我曾与同事到大峡村查看，带路的村干部指着一片荒芜的坡地说那里就是当初的墓地，可惜什么遗迹也未看到。

后来在瞿昙寺隆国殿看到"皇帝万万岁牌"，想起太监孟继，征得寺院僧人同意，我跨入隔栏，仔细察看过这块牌子，该牌被供在隆国殿内正中的玉石莲台上，金书汉藏梵文"皇帝万万岁"，三体合璧，汉文居中。牌子左右两边的九龙，据说以前是铜制九龙，后因炼铜被毁，现上面的九龙是木制的。"皇帝万万岁牌"制作精美，雕饰繁复，从内容到形式都体现出皇家风度，是瞿昙寺现存珍贵文物之一。值得注意的是，牌阴刻有"大明宣德二年二月初九日御用太监孟继尚义陈享袁琦建立"等字，立牌的时间正好与"隆国殿"陡匾同日，说明这个时间就是隆国殿竣工之日。孟继被派往瞿昙寺监工隆国殿的工程建设，除了明王朝在当时的历史条件下通过因俗而治加强中央集权统治的目的外，是否还肩负着暗地查找建文帝的特殊使命？他在返京途中突然病逝，是否又把一些秘密带进了黄土深处？至今我们不得而知。明末文坛领袖钱谦益的《有学集》中有一篇《建文年谱序》，这样写道：他在史局（国史馆）工作三十余年，博览群书，唯独对于"建文逊国"一事，搞不清楚，伤心落泪。原因有三：一是《实录》无证，二是传闻异辞，三是伪史杂出。因此，他称赞赵世喆所编《建文年谱》，荟萃诸家记录，再现真相，感人至深，"读未终卷，泪流臆而涕渍纸"。可见从明初到明末，始终有人在探求建文帝的生死之谜，由于建文帝时期的档案史料被销毁，因此现在要确切考证建文帝的下落，犹如雾里看花，只好仁者见仁智者见智。

正如谢佐先生所说：悠悠岁月，埋没了多少历史真相，瞿昙寺之谜谜底何时揭晓，也是谜。

40

瞿昙寺经历了六百多年的沧桑，曾经的显赫已成为遥远的回忆，而唯有那些无言的建筑及其装饰包括壁画、彩绘、石雕等，经过文化的滋养和浸润，使它显得更加厚重和深刻，它融合了汉藏两种文化，是一座集历史文物与建筑、绘画、雕刻艺术为一体的辉煌的殿堂。今天，如何利用瞿昙寺丰富的文化遗产资源，让它焕发新的生机，带动当地经济文化的发展，是我们需要深入思考的一个问题。瞿昙既有国家级文物保护单位瞿昙寺,又有以国家级非遗项目"瞿昙寺花儿会"
和"南山射箭"为代表的丰富的民俗文化,同时还拥有药草
台林场等生态资源,具有深厚的文化内涵和旅游潜力,具备
打造文旅特色小镇的资源禀赋和独特优势。对于瞿昙特色小
镇的建设,要以瞿昙大景区的概念来统一规划设计,从人文
历史、文化艺术、民俗风情、自然景观、产业培育等方面,
把瞿昙寺景区、朵巴营民俗村、药草台林场景区三个点连成
一线。在朵巴营村充分利用"南山射箭"这一优势资源,建
立标准化民族射箭场,开发集民间射箭赛、游客参与互动为
一体的民族传统体育旅游项目。打造瞿昙"花儿"会品牌,
以演唱会、擂台赛等活动促进民间物资交流,拉动当地消费,
加强各民族文化交融。恢复水磨坊、油坊、豆腐坊、粉条加
工坊、酩馏酒作坊等展示农耕文化原貌,开展农事体验活动
并促进特色农产品销售;在药草台景区要充分利用生态景观
建设度假木屋、自驾车露营地、户外拓展基地、滑雪营地等
发展休闲健身和藏餐药膳坊、富硒美食牧家乐等为一体的乡
村旅游。要紧紧扣住文化的魂,充分依托瞿昙寺深厚的历史
文化积淀,以文化带动旅游,科学设计瞿昙寺博物馆展陈方
案,全面深入地展示解读瞿昙寺壁画、建筑、雕刻"艺术三
绝",挖掘并展示出文化的"魂",瞿昙保留着具有浓厚地方
特色的民俗民风,是传承优秀历史文化的重要载体。要以商
务酒店+农家客栈的方式在瞿昙寺景区打造国内部分美术
学院、画院、建筑学院学生的实习基地和画家、书法家的培

训基地。以建文帝朱允炆逊国之谜拍摄一部影片，进一步提升瞿昙寺影响力，并大力开发文创产品，充分利用历史文化、民俗文化、生态文化等元素，发挥文化"塑魂、兴业、聚人"的重要功能，保护和利用好文化遗存，培育特色小镇，形成独特的文化标识，把当地丰富而深厚的历史文化资源打造成为文化金名片。要注重景观风貌，应当融合瞿昙镇所处地域的自然环境特色，体现山水风貌。同时应当紧紧依托瞿昙寺建筑艺术价值，在景区建设风貌上与之相适应。注重提升特色小镇的功能，完善公共配套设施，通过民俗文化展示、互动，通过田野风光与特色民居的有机融合，形成与地方文化结合的特色品牌。要培育发展富硒产业，瞿昙地区经勘探发现是富硒土壤区，具备富硒农产品开发的优势条件和广阔前景，采取"公司＋基地＋农户"的发展模式，发展富硒产业，培育一批富硒产品品牌，推动建立集生产、加工、销售与采摘旅游为一体的产业体系，带动当地居民共同发展。要强化绿色理念，立足生态保护，实现居住区与周边生态环境和谐共生，在小镇的产业项目、基础设施、社会功能配套布局、建设模式等各方面都突出绿色发展，把生态资源转化为生态资本，把生态资本转变成生态财富，促进乡村生产方式、生活方式绿色化，推动乡村绿色发展。只有结合当地历史文化进行深度挖掘与衍生，才可能形成鲜明特色，才可能实现文化旅游深度融合发展，使瞿昙深厚的历史文化再现耀眼光芒。

柳湾　闪耀在湟水岸畔的文明曙光

1

世界总是给我们意想不到的惊奇，1974 年秋，当时还是柳湾大队的社员们在平地造田、挖渠引水时发现一处墓地遗址。这一重大发现引起了文物考古部门的高度重视，当时的省文物管理处与中国社会科学院考古研究所甘肃考古队联合组成发掘队伍，进驻柳湾进行发掘。

中国现代考古学产生以后，人们对新石器时代的了解，首先是在黄河流域开始，如河南、陕西一带的仰韶文化，甘肃的马家窑文化，山东的大汶口文化，以及衍生于陕西、河南、山东的龙山文化。而在黄河上游的支流湟水流域新石器时代文化的重大发现，使我们对青海有了一个全新的认识。在整个新石器时代，黄河上游及其支流湟水流域的文化遗址不仅丰富，而且已经可以完整地构成代代相续的系统。

有人说过考古从来没让我们失望过，从 1974 年至 1981 年，在这片黄土坡上，共发掘墓地 1730 多座，出土文物近 4 万件，其中彩陶就有 2 万件。对此，我国曾有位著名的作家写道，在湟水流域，古老的彩陶流成了河。柳湾发现的墓地绝大多数墓葬在柳湾村北部的第二台地上，墓地北高南低，东西两面台地环抱，平面呈圆角长方形，总面积 11.25 万平方米，大部分墓葬为竖穴土坑葬。这些墓葬包括了马家窑文化的半山类型、马厂类型、齐家文化、辛店文化，属新石器时代，距今 3600—4000 年，这四种文化类型延续长达 1000 多年。这也是迄今为止我国发现的持续时间最长，一个遗址中文化类型最多，保存状态最为完整，出土的陶器数量最多的也是目前最大的原始社会墓地遗址，这个发现震惊了世界。

1974 年，我刚进入村小学上一年级，当时懵懂的我正从认识"人、口、手"开始成长的历程，并不知晓在离我十多公里的地方有了如此惊人的发现，如果没有这次重大发现，穷尽我们的智慧也无法想象湟水岸边四千年前的景象，柳湾墓群遗址，既是构成我国古代文明的重要标识，也是湟水流域历史发展的重要见证。出土的彩陶其数量之多、造型之美和花纹之繁缛，给我们展示了古代先民智慧的结晶。而今天，我们正是透过这些文物蕴涵的丰富而深厚的信息，从这些遗址留下的痕迹，看到了人类文明不断延伸发展的过程。

　　据史料记载，人类社会发展到七八千年前，青海境内的原始群落已广泛散处在黄河两岸和湟水谷地。他们以一个氏族为一个群体，选择在河谷地带比较平坦的地面，掘成坑道，顶部利用树木搭成棚顶，他们已懂得使用不同的木材当梁、当柱，甚至懂得如何对称、均匀地摆置材料，再覆以丛草，然后覆压泥土，建成房屋。湟水谷地气候温暖，土地肥沃，水源充足，宜于农业生产。他们利用自己打制的石斧、石锛、石刀松开湿润的黑土地、黄土地，将收集来的粟种撒播进去，然后等待它发芽、拔节、抽穗、成熟，接着用石刀、石镰收割，再把它们收集在一起搓碾，取出果实，储进窖穴，共同分享。他们到深山丛林里去采集野生植物的根、茎、果实和其他可食用部分，去捕食一些弱小动物。他们已经学会制造和使用弓箭、弹丸，用坚硬而有韧性的木料做成弓，抽取兽筋做成弦，又在小棍上安上锋利的石锥石片当作箭，向飞鸟和奔兽射去，击杀它们。也会用兽骨和木棍做成矛，他们把粗长的兽骨或木棍一端凿成槽型，然后在槽里加上锋利的石锥石刀或骨锥骨刀，遇到飞跑的弱小兽类，他们会在追逐中认准目标，像投枪一样向猎物投去，将它们击杀。后来，他们开始将捕获后吃不完的猪、羊、牛、马等野生动物驯养起来，慢慢培育成家畜。这时他们已有了明确的分工，有的从事农业，有的从事捕猎，有的从事畜牧业，有的从事手工制作等。

2

　　柳湾墓地的墓葬一般都有随葬品，且多寡不一。早期的只有两三件，晚期的多达近百件，反映出原始社会末期已有贫富之分。其随葬品既有石制的斧、锛、凿、刀等生产工具，又有陶制的各种生活用具。根据考古专家对柳湾墓地的大量墓葬材料研究分析，从马家窑文化半山类型、马厂类型发展到齐家文化晚期已出现私有制、贫富分化的现象。半山类型的人们主要用梯形石斧来砍伐树木、翻土耕种，用长方形石刀收割农作物。生产工具中还保留有较原始的敲砸器等打制工具，说明当时的农业经济还处于较原始的阶段。随着农业生产、畜牧业生产、手工业生产和其他经济生产水平的不断提高，男性在这一系列生产活动中的重要性日益超过女性。男性创造着财富，支撑和维护着氏族的利益，男性的社会地位逐步得到提高。母系氏族社会制度开始过渡为以男性为中心的私有制社会制度，这时，农业生产发展为熟练的农作方式，有了固定的耕地，有了比较丰富的农业技术和经验，还有了许多新培育的农作物品种。畜牧业生产已成为除农业以外最主要的经济生产和生活资源，其中以羊为主，羊和草地是他们赖以生存的根本条件之一。他们爱羊、崇拜羊，这从中国象形文字"羌"的初创含意中可以得到印证。他们的制陶技术和纺织技术也有了进一步的发展，各种精美的彩陶制品广泛应用，成为人们生产生活中不可或缺的器具。与此同时，骨石器的制作也越来越先进，石器和骨器经过精心挑选原材料，打制成形后进行磨制，使之更加顺手、耐用和锋利，这就提高了他们的生产力，收获也不断增加，农业已成为主要生产方式。新石器时代为人类带来最大利益的成果就是人们掌握了植物的生长规律，认识到植物的生命起源于种子，经过实践终于栽培成功了野生植物，从依赖渔猎和采集的自然经济转变为农业生产的自主经济。这使人类生活方式产生了巨大的变化，人类终于摆脱与野兽一般的原始生活方式，开始定居，为以后人类文明的产生奠定了重要基础。柳湾先民种植的粮食作物有粟和黍，但粟和黍的栽培最早是否发生在湟水流域还有待考证。

随着生产的发展，各种原始手工业也随之发展起来，突出表现在原始纺织业和制陶业上。纺织是人类文明史上另一个重要的发明创造，人们最早用于纺织的纤维是葛和麻。葛是分布较广的多年生藤本植物，葛藤含有大量的长纤维。在长期的劳动实践中，人们掌握了提取葛和麻纤维的技巧，然后用石纺锤搓成线和绳，再编织成各种织物和渔网。他们用手工将羊毛、麻等捻成细线，制成褐布印染，然后缝制成胸围、腰围等。

半山类型的人们相当重视纺织业，在柳湾半山类型墓葬中发现有一百多件石、陶纺轮，说明纺轮的使用较为普遍。尤其是陶制纺轮大小相若，制作精致，有的纺轮正反面甚至侧面均采用刻画或锥刺技法刻出各类不同的几何纹样，常见的有圆圈纹、十字纹、五星纹等纹样。当纺轮捻线转动时，纺轮上面的图案会同时产生变化，这种变化会给人造成强烈的视觉冲击和一种旋转的美感，这种巧妙的艺术创意，真实地再现了原始艺术的魅力。齐家文化的生产力水平较马厂类型有了更大的发展。在农业生产工具方面，制造精致、有棱有角的工具占有较大的比例，并较多地使用质地坚硬的玉石料制造的工具。用质料较好的玉石制造生产工具，可以说是柳湾齐家文化的一个突出特点，也是当时农业生产水平和制石工艺水平比马厂类型更先进的一个重要标志。随着生产力的发展，农业与手工业逐渐开始分工，男女之间已有较明显的分工。在已鉴定的不同性别的墓葬中，随葬品有明显区别。据29座墓葬统计，在11座女性墓中，除2座不出小件器物外，其余都是随葬石纺轮、陶纺轮、串珠、绿松石饰等饰品，而不见石斧、锛、凿、刀等生产工具。相反，在18座男性墓中，除2座例外，皆随葬石斧、锛、凿、刀等生产工具，而不见串珠和纺轮等工具。就是男女合葬墓也不例外，石斧、石锛等生产工具放在男性一侧，陶纺轮等纺织工具则放在女性一边。这说明当时已经有了男女之间明确的分工。

齐家文化墓葬在形制、随葬品等方面都反映出明显的贫富之别。富者墓葬规模大，有讲究的木棺和大量的随葬品；贫者则墓葬规模小，无葬具，随葬品十分简陋，有的一无所有。这些鲜明的对比，说明了当时贫富观念已经产生，柳湾的齐家文化时期社会发展阶段正处于氏族社会发生重大变革的历史时代。

3

　　柳湾出土的陶罐，彩绘花纹形式多样，比较常见的有平行纹、波折纹、漩涡纹、葫芦形纹、四圆圈纹等。一些彩陶符号也别具一格。陶器是先民们的日常用具，但当它把具有实用功能的器形和精美的艺术创作融为一体时，陶器本身就成了艺术品。随着时间的推移，他们的手工艺越来越娴熟，越来越精细，他们大量地制作陶器，制陶业是他们手工技艺中最值得炫耀的一项。他们首先选用比较纯净的黄土、红黏土，将大块的沙石拣去，然后在水中淘洗，接着花费大量时间和工序，将泥团揉搓柔软、均匀，具有较好的可塑性，使之烘烤和晒干后不易爆裂。接着将泥块搓成条块状，然后按照想象和设计的形状，从底盘开始一圈一圈地盘垒、堆砌，做成所需器型粗坯，然后放置在阳光下或干燥处，使之蒸发水分，定型，再用手将里外表面压平，使衔接处合缝，再蘸水将表面磋磨，修复平滑。有的粗坯在制成晒干后，为了美观，进一步加工装饰，在上面涂上一层细泥浆，叫陶衣，然后用拧成的绳子在粗坯上缠绕拍打，印出绳纹。有的又在陶器口沿和肩部附加泥条，用手捏成锯齿状以为修饰。待粗胚晒干后，他们在陶器上绘制各种各样的花纹，有的是圆点纹，有的是弧边三角纹，有的是圆圈纹，有的是方格纹，有的是连弧纹，有的是锯齿纹，有的是花瓣纹，有的是平行条纹。他们构思精巧，笔法娴熟，具有了较高的审美观念，把自己追求的美好向往完全表现在彩陶的纹饰上。

先民们根据不同的用途制作出各种样式的陶器，有的是专门盛食物的敛口食钵，有的是专门盛放生食的齿形卷沿鼓腹罐，有的是盛水的罐，有的是储存谷物的大瓮，有的是储存水的大罐，有的是从河中汲水的瓶。他们制作出这许多陶器坯，将它们装进火窑中烧制，使之成为坚硬的陶器。有些陶器的用途，我们在今天仍需要研究，但可以肯定的是，它们的实用性与创造性已经达到美妙的融合。

这个时期的陶器制作已达到相当高的水平，他们不但在陶器表面加上细泥使之平整，而且还善于加上光滑的原料使之表面产生光泽。绘画艺术更臻于完善，不但在陶器外表绘制各种图案，还在许多敞口陶器的内壁也能绘描上鲜丽的花纹。彩绘的图案形式多样，不但绘有许多花卉植物图案和青蛙、飞鸟之类的图形，还绘有许多人的面部形象，甚至群体活动情景，形象惟妙惟肖，组合排列准确恰当，线条优美。更令人惊奇的是，他们对人物形象的刻画，不但比例准确、形态生动，而且对人物各种动作的重心把握得恰到好处。陶器的种类也越来越多，除了传统的罐、盆、瓮、钵、缸等以外，又发明了壶、瓶等，而且样式也有了很大创新，罐有双耳罐、细颈鼓腹双耳罐，盆有平底盆、鼓腹盆等，钵有内彩钵、侈口内彩钵等，壶有双耳带嘴彩壶、人像彩塑鼓腹平底带嘴彩壶等，瓶有长颈鼓腹瓶等，真是琳琅满目。用泥土制成器具，这是一次大胆的尝试。从火堆烧过后的硬土块得到灵感，在水与土调和成一个构想的形状后，再经过火的加温到完整烧制出第一件陶器，先民们定是经过了无数次的尝试和改进。人类用神奇的灵感创造了生活的器具，并延续发展，不断丰富，直到今天。

4

人类有可以感知周围环境的生理器官，听觉使人们听到自然界的风声、雨声、流水声和雷鸣；视觉使人们看到碧水、蓝天、高山和峡谷；味觉使人们品尝出甜、咸、苦、辣等。日积月累，人们认识了自然界诸多方面的事物。伴随着旧石器时代石器的敲击声，人类的大脑逐渐具有了储存信息的功能，产生了记忆，人类智力有了很大提高。无数次发生事情的记忆之间的联系和周围环境各种事物概念的形成正是推动人类思维产生的基础。因此只有当人类大脑同时具有记忆和思维的时候，才有陶画产生的可能性。

陶画艺术来源于人类的生活，来源于人类的实践活动。从陶画所反映的题材和内容充分证实了这一点。

斗转星移，生活的器具从记录人们对自然环境观察的结果，到承载人们日益丰富的想象，生活中有了艺术的追求。从陶器形状的不断变化，彩绘的艺术也在演变中不断提升，这些出现于几千年前的符号、线条、图案，放在今天，也具有非常现代的表达。

艺术的创造来源于生活，来源于先民对自然环境认识的不断深入。原始人类往往选择靠近水源的地方居住，与水的朝夕相处，使人们有机会细致观察水的各种变化。柳湾彩陶有许多描绘水的纹饰，湟水不同时期的状态体现在陶上的波纹展示出他们观察理解的过程：以黑色的波浪纹表现出水的流动，利用弧线的起伏旋转表现水流奔腾向前，将黑色的曲线汇聚到一起和中间的圆点构成漩涡纹。在陶画中出现的波浪纹、涡纹、漩纹、浪涛纹、涟漪纹等，把水描绘得生动逼真，立体感特别强烈，有的已经达到三维画的效果。彩陶塑造的各种鸟类及画在陶器上的鸟反映了先民们的崇拜，猫头鹰是古代工艺品经常采用的主题，柳湾彩陶中能见到精美的鸮形，鸮应该就是他们主要的崇拜对象之一。原始陶画在完成它的艺术使命的同时，也记录了与之共呼吸、共命运的新石器时代状况的信息。考古学家在破译这些信息密码的研究工作中，找到了中华文明五千年文明的源头。

5

人类生存的自然环境本身就具有美的本质和天然的魅力，连绵起伏的群山峻岭，巍然耸立的茂密森林，浩瀚汹涌的大河波涛，怒放的绚丽花朵，挂满枝头的累累果实等，众多美好的客观事物潜移默化中影响了人们的精神世界，构筑了人们的审美意识。

爱美是天性，出土的大量穿孔的兽牙、鱼骨、海贝壳、小石珠等，都是人们的装饰用品，其中小石珠制作精细，并且被染成红色，原始人类把它们串联起来，制作成美丽的项链。这表明原始人类已经有了一定的审美意识，并有了对美的追求。

陶是人类在长期的生产生活中第一次从无到有的创造。对泥土在不同环境中的认识比较和在日常生活的一次突然发现中，在他们双手的摆弄下，土壤、水、火交织在一起，发生物理和化学反应，实现了伟大的创造。从泥土的烧制开始，人类认识到自身的非凡能力。在满足了基本的日常生活需求后，人们开始了更多对美的追求，这是一种高级的精神需求，随着人类审美水平的不断提升，开始激发出更多的想象，他们用随处可见的泥土，按照自己的想象，烧制出许多富有创意的陶器，在这些陶器的外表、口沿、内壁画出彩绘，这使器物由最早的生活用品，变成艺术观赏品。

绘画艺术的形成与人类智力的进步有直接的关系。

色彩使彩陶更加绚烂多彩，耀眼夺目。人们还常常用色彩表达感情。原始人类很早就发现了赤铁矿粉，并用于染色，这说明原始人类已经有了色彩的概念。初期的彩陶，纹饰大多是宽带纹，不能称为陶画，只是为了给陶器加添色彩，增加美感。马克思曾在论艺术时讲道："色彩的感觉是美感的最普及形式。"红色是陶画运用最早和最多的色彩，有学者认为它与血液同色，使人们联想到与生命有关。原始人类葬人时常撒红色的赤铁矿粉，很可能就是祈祷已故的人重获新生。彩陶也常用于随葬、祭祀，可以看出，红色在人们心中具有神圣的地位。就红色本身而讲，作为暖色能给人温暖的感觉。彩陶是在制陶技术不断提高和发展的基础上产生的，烧制彩陶需要比烧制素陶更高的窑温，才能保证颜料与陶胎结合，不会脱落。在长期的制陶过程中，先民掌握了较先进的窑密封技术，可使窑温保持在较高的温度，为彩陶的烧制解决了一大难题。

点、线、面在形式艺术法则的规范下，形成了具有独特节奏和韵律之美的画面。

点在陶画中的应用非常广泛，常用于表现与其形式相近的事物。在激烈旋转的漩涡画面中，能够饰飞溅的水珠；能够在豆荚中饰颗颗种子。

线条是抽象艺术语言最基本的词汇，众多种类的线条组合就能描绘出有声有色的绘画艺术语言。线条语言可形象表达静与动，许多彩陶图案中的漩纹以直线环绕器壁一周给人一种静的感觉，当其与浪花连接时，就形成向前推进的气势，使画面充满了动感。

新石器时代，社会生产力水平得到很大提高，特别是农业生产方面取得的成就使人类生活发生了翻天覆地的变化，人们不再依赖于自然经济渔猎和采集的生产方式，而是科学地掌握了植物的栽培技术，走上以农业为主的生产方式之路。随着物质生活趋于富裕，人们的思想观念也随之发生改变。在这种历史背景之下，此时期人们具有强烈的表达思想的欲望，产生了许多精美的艺术作品。彩陶正是这一时期艺术的代表作，自从考古发掘发现彩陶以来，彩陶艺术备受人的重视，一幅幅生动的画面提供了大量研究原始社会风貌的实物资料，人们从中获得了许多重要的信息。其中一些作品展现出浓厚的生活氛围，一些则隐藏着神秘的社会思想意识，使人百思不解。艺术的灵感是从生活和生产实践中产生的，在实践经验的基础上提炼出来的，因此艺术作品本身必然凝聚着时代的特征。

马家窑类型的彩陶上熟练地使用了多种线条，以连续的直线绘出了平如镜面的湖水；以此起彼伏的弧线画出了波浪汹涌的大河；以圆轮状的斜弧线排列成漩涡纹等。在这些画面中，原始先民熟练地使用了线条语言，描绘了他们所认识的自然事物。彩陶上线条从直线、斜线到曲线、弧线，说明了先民运用线条绘画的阶段性，从简单到复杂这一事物发展的过程。

随着新石器时代遗址的不断发掘，具有圆点、弧边三角形纹饰的彩陶透露出圣洁和神秘色彩，她像一条生命的纽带维系着各文化遗址相互之间的联系，形成一种文化势力向各区域渗透。在我省民和回族土族自治县杏儿乡、核桃庄乡，大通回族土族自治县上孙家寨，乐都区脑庄等都有发现。

古代先民们在这些不同类型的艺术品中创造了反映现实生活的自我，这些出土文物像一把金钥匙，引领我们打开史前社会奥秘之门。

6

原始彩画是人类思想、情感和精神表现的物化艺术形态，这些跨越了千年时空的实物载有大量原始社会末期诸多方面的珍贵信息。其中一些彩陶画面真实地反映了原始生殖文化崇拜，清晰地描绘了人类探讨生殖奥秘的思维轨迹。

也许是面对死亡引发了对生命的思考，人类开始了对自身的探索。1975年，柳湾村民在引水灌田时，水冲出了一件彩塑裸体人像彩陶壶，这成为柳湾墓地乃至彩陶文化的重要发现之一，曾引起国内外学术界的关注和重视。彩陶壶造型口小颈短，腹部圆鼓，底小而平，中腰附有对称的环形耳，从口至腹施有一层红色陶衣，绘有黑色的圆圈纹和蛙纹。全器呈长圆形，通高34厘米，造型稳重，色彩斑斓，采用细泥陶质，裸人塑造憨态可掬，高鼻梁，巨口硕耳，躯体短，手大腿粗，脸部有弯弯的两道细眉，眯成窄缝的一对小眼睛，好像又显露出一点俊秀之气，憨呆与俊秀共处一体，显得滑稽有趣。裸人形的塑造在整体布局上有意突出性器官和副性特征，初看不知是男还是女，再看，当属男性，又看，又似为女性；仔细观察，不但性器兼有两性特征，乳房也有大小两对，可是这不男不女、又男又女的裸人形彩陶，它的含义究竟是什么，令人费解。一个奇异的陶器，究竟向我们传递了怎样的信息？

　　这件彩塑人像彩陶壶的资料自 1976 年先后在《文物》《考古》刊物上发表后，因为它的神秘性，一时成为奇闻，引起了国内整个考古界的极大兴趣，考古界对裸体人像彩陶的性别问题展开了热烈的讨论。有趣的是，考古专家们的意见很不一致，有的说是女性，女性意味着马厂时期的人们仍处于母系氏族社会时期；有的说是男性，认为该时期已跨入了父系氏族社会的门槛；有的说是男女复合体。还有一种意见认为，这件人像彩陶壶可称为"两胴体或两性崇拜"，是原始宗教的重要内容之一。近年来有的考古学者认为，裸体人像表现的是合男女为一身的阴阳人，人像背后绘有一只简化的大蛙，从壶后颈所饰的交叉线条表示人的头发看，壶后腹所绘的大蛙表示的应是人的后背。人像正面是阴阳人，人像的背面是蛙，人蛙相融，合为一体。阴阳人彩陶壶是地处西北地区马家窑文化居民信仰萨满教的产物，萨满教认为人是天和地的中介。因为阴阳人把女性成分（地）和男性成分（天）集于一身，天生具备沟通天地人神的能力。

　　面对众多的说法，我更认同"两性崇拜"的说法，因为柳湾出土的许多彩陶上都有蛙纹的出现，而且彩陶上的蛙纹经历了从具体的纹饰表现到抽象的线条展示的演变过程。古人观察到青蛙每次都会产下许多卵，孵化出许多蝌蚪，便将青蛙和人首结合绘在陶罐上，在柳湾的许多陶罐上都有用黑彩和红彩描绘的人首蛙身的纹饰，有时会将人首抽象为有网纹的圆圈纹，或者干脆省去，只剩下变形蛙纹一般的身体。而柳湾彩陶上蛙纹的大量出现是青蛙强盛的繁殖引发的生殖崇拜。先民们以细致的观察和惊人的想象力，将日常生活中的所见、所想绘画在陶器上为我们展示出他们的思想、情感。

从渔猎到种植，生产方式发生了重大变化，农业种植技术的进步使人们生活的质量大大提高，促进了人类大脑思维的快速发展，人类对自然界的认识不断提高，具有了更高水平的分析问题和解决问题的能力。这一时期，开垦新的农田需要大量的劳动力。考古发掘证明，原始人类的平均寿命极短，儿童的死亡率很高，所以人类对生殖的探讨和研究越发重视。当他们终于认识到用图腾崇拜并没有促进生育时，便不再盲目地崇拜这些方法，而是采取类似观察植物繁殖的方法，把目标直接集中在女性生殖器官，研究孕育婴儿的处所——子宫，而产生了新的生殖崇拜形式——女性生殖器官崇拜。

由于当时人们认识有限，不可能真正解决生殖的实质问题，但是至少他们把研究目标具体化，直接观察孕育婴儿的处所——子宫。有学者提出，子宫就是创作弧边三角纹的原始素材。人们对子宫产生更加神秘的感觉，认为其是人类生命的发源地。子宫成为人们继图腾生殖崇拜之后的又一生殖崇拜偶像，这种思想认识反映到文化艺术中，使文化艺术具有鲜明的时代特征。

图腾生殖文化与女性生殖器官崇拜并没有真正解决生殖的根本问题，人们在失败之中不断总结经验和教训，在长期的实践中对生殖现象的观察和认识不断加深。

伏羲和女娲的传说更是流传甚广，我们至今在汉代画像砖上还可看到他们蛇尾互相缠绕的形象。这些图像实际上都是在强调男女结合在生殖中的重要性。传说与人们的思想观念是同步的，思想认识又必然是社会状态的折射。因此传说也是我们了解远古社会的最珍贵的资料。裸体人像彩陶壶集两性特征为一体，说明了人类对生殖现象从主观认识逐步过渡到客观认识，并使这一自然规律为人类所掌握。在这件珍贵的艺术品中，我们看到了古代先民图腾崇拜的痕迹，也找到了原始先民对人类繁衍问题探究的一个过程。

人类对自身的繁衍曾作过艰辛的探讨和研究，从而形成了一种独特的生殖文化现象，原始人类对于生命延续的认识同样需要一个过程，也许这就是原始先民对生命的思考。

7

1989 年 9 月，柳湾一社村民赵菊花在自家承包地的旱台上挖出一件辛店文化彩陶靴，后捐献给青海省文物考古研究所。这件彩陶靴，通高 11.6 厘米，壁厚 0.3 厘米。靴为夹砂陶质，表层施紫红色陶衣，并绘黑彩，器物形象逼真，纹饰简练流畅，保存极为完整。彩陶靴的口部呈圆形，直径为 6.6 厘米，口微侈。从整个造型来看，分为靴靿、靴面、靴帮和靴底等部分，靴靿与靴帮、靴面之间用两条曲线的条纹相隔，而靴面靴帮与靴底则有明显的衔接痕迹。这件彩陶靴虽然是一种容器，但它的造型应是当时古代先民所穿靴的直接反映，据此可见当时的制靴工艺。从彩陶靴可以看出，整只靴由靴靿、靴面和靴底三大部件组成。其工艺步骤应该是，先剪下靴面的皮革，然后对折，在后部拼接缝合，再与对接缝合的靴靿拼接缝合，最后再绱在靴底上面。这只靴子的历史性成就在于它已完全脱离了用整块兽皮裹在脚上的原始靴状态。借用当代制靴业的行话来说，已经达到了"帮底分件"的结构要求，是制靴史上了不起的成就之一。柳湾出土的这件彩陶靴充分证明，这种短靿的皮靴不仅在北方草原地带匈奴北狄系统的民族中出现，而且在河湟地区的古代先民中也早已使用了。那么，彩陶靴是由哪个民族制作的呢？这也是大家所关注的问题。在先秦两汉时期的甘青及其相邻地区，是一个多民族聚居的地带。古代史籍称其为"西戎"或"羌"。在我国古代文献中，羌人这个名称出现最早，如《尚书·牧誓》就说在武王伐纣时，有八个部落联盟，会于牧野。《诗经·商颂·殷武》也说在商王武丁之时，曾讨伐诸羌，"自彼氐羌，莫敢不来享，莫敢不来王"。安阳出土的甲骨文从第一期起，即武丁时期起，就经常提到俘虏羌人，用来供祭。河湟之间，即古代所说的"湟中"一带，在战国至汉代就是强韧的中心地区。

柳湾出土的这件彩陶靴在我国尚属首次发现，它虽然是一件陶器，但是它的造型结构却在告诉我们一个久远的伟大创举所经历的漫长岁月，使我们明确地感受到，它记录着人类智力发展的轨迹，凝聚着古代先民的勤劳和智慧，碰撞出远古时代的科技火花。

我国古代民族的鞋靴，作为服饰和文化的一部分，同样也记录了各时代、各地区、各民族的社会风貌。从这件彩陶靴中我们可领略到新石器时代人的伟大创造和精神文化，触摸到这个时期激烈跳动的脉搏。彩陶靴就是一种无声的语言，我们在仔细端详，深入思考和更为丰富的想象中感受到原始社会的一幕幕真实情景。

8

原始彩陶纹饰艺术的发展时期正处于文字形成的早期阶段，人们仅利用图画纹饰来表达思想感情和对自然界事物的理解和认识。所以每一个纹饰都具有纯朴的真实性和一定的象征性。

中国汉字具有很强的艺术魅力，有许多书法作品，字中有画，字中有景，究其原因，是其原本始于图画。这一历史踪迹，遗留于商代的甲骨文之中。甲骨文已经是一种较为系统的文字，观其字形，许多属象形字，源于对客观事物的形体描述。许慎在《说文解字》中也曾谈道："象形者，画成其物，随体诘诎，日月是也。"这句话直接说明象形文字就是以画物外形产生的。根据事物发展规律可推测，在甲骨文形成前相当长的一段时间，人们必然要经过一段对外界事物认识和描述的过程，来完成许多客观事物原本形体的创作作品。经过考古发掘，人们发现了许多具有纹饰的彩陶。这些丰富多彩的纹饰，有许多是来自对自然界事物的模拟，并且在这段时间上彩陶纹饰的形成阶段正是处于甲骨文形成的前期阶段。因此，文字的形成与彩陶纹饰有着不可分割的必然联系。彩陶纹饰的创作为文字的诞生积累了最基本的要素，奠定了深厚牢固的基础，是文字产生的源流。

原始人类经过漫长的旧石器时代，对生存的自然环境有了一定的认识。进入新石器时代之后，他们发挥主观能动性，在生存的实践中，重新建立了新的经济生产方式。他们在长期的生存实践中，创造物质财富的同时，也丰富了精神生活，形成了一定的思想观念和意识，反过来，这些思想和意识都直接影响原始文化的创造。彩陶正是这一时期进步思想文化的代表者，不仅器物造型优美，而且器身描绘了各种繁缛精美、绚丽多姿的生动画面，这些彩陶画面纹饰真实记录了古人的思想火花和智慧。在文字的创始阶段，文字的基础是扎根于彩陶纹饰的大量创作之上。彩陶纹饰同文字具有一定的差异，也存在某些共性。其差异就是用两种不同的方式来表达周围的客观事物，二者的共性则是他们都是利用线条来完成他们思想的表达。彩陶纹饰是以线条绘出的复杂图案，文字则是使用线条形成的简练笔画。两种形式在发展的顺序上，则是复杂图案在前，简练笔画在后，他们之间应是传承关系。彩陶纹饰是描述的客观事物反映在大脑首先出现的具体现象，而文字反映的则是客观事物在大脑经过抽象概括而简化的形象。在柳湾出土的众多彩陶上发现了大量的符号，这些符号大都出现在彩陶的下腹，共有 300 多种。它们与彩陶纹饰的作用截然不同，彩陶纹饰的设计遵循美的法则，画面丰富多彩、靓丽美观。符号的出现则是为了实际用途。最明显的特点就是这些符号在每一件陶器上仅刻画一个，毫无修饰之意，已经完全脱离了原始绘画艺术的范畴。一些符号在外形上与甲骨文相差无几。可以说，从彩陶纹饰到彩陶符号，已为文字打下了坚实的基础，从符号到文字是符号逐步积累向文字过渡的重要过程。彩陶纹饰在文字创制的过程中，做出了重要的贡献。在其繁荣发展的同时，使人类的形象思维和抽象思维能力获得很大的提高，从而开启了另一扇文明之窗。

9

这些被泥土深藏多年的陶罐，一旦被放置到精美的展橱中，它们就成了仿佛经历了千年雨露阳光滋润的甘美果实，自时光的幽深里，散发出浓郁的馨香，让每一个沉浸其中的游客，心醉神迷。湟水河也因这些陶罐而有了更为重要的意义，河流孕育着文明，在更早的时间里，湟水就这样在青藏高原的东北缘泛着梦幻的光彩流淌着。

人是有思想和感情的，面部的表情可以表现出人的丰富内心世界。在长达千年的时间里，一件件陶画作品在炙热的火焰中诞生。原始人类以形象的线条语言描述了他们的思想意识，用敏锐透视的眼光捕捉到自然界美丽的风光和瞬息变化，使我们今天在观赏的过程中，心灵仍然为之震撼。

一代代先民们，他们内心的喜悦和伤悲，梦想与幻灭，通过线条和符号组成的各种各样的陶画，流淌成一条情感的河流。

陶画艺术为人类打开了通往一个崭新世界的大门，向我们打开了先民们日常生活的写照和思想情感的记录，而今天，我们也正是通过对陶画的观赏揣摩中探寻着古人日常生活的种种细节，让我们不断感受到先民们蕴藏在陶画艺术上的心灵世界，他们久已远逝的日子，也因此被唤醒，引起我们无穷的遐想。

每一个漩涡，每一簇浪花，甚至每一滴水珠，都有着心绪的投射，情感的倾注。在简约精练的线条里，有着我们至今仍无法完全理解的广阔和深刻。

陶画艺术，可以将古时如此贴近当下，使我们领悟到人类文明从一星火花逐步散发出璀璨光芒，使我们眼之所及、心之所感，看清人类探寻之路。

由于原始人类各氏族部落生活的地域自然环境的不同，决定了他们的经济生产方式和生活方式不同，因此他们遗留下来的生产工具、生活用品和创造的文化艺术等遗存也都存在差异，分布在各区域的彩陶也各具地方特色。

彩陶上的一些陶画不仅仅是单纯的艺术创作，它是氏族共同体在物质文化上的一种表现，常常用来作为氏族图腾或其他崇拜的标志。

今天，生活的每一种状态，人们情感的每一次波动，大自然的每一副表情，都可以从这些千姿百态的陶罐和它们所承载的线条符号中找到最初的回声。当我们注视着这些彩陶，仿佛感觉到了留在这些精美绘画上的先民的呼吸，这是文明的曙光，让几千年后的我们仍然为之动容。

柳湾出土如此众多的彩陶，但它的陶窑至今仍未被发现，它制作的方式工序都无法考证，后来在与柳湾相邻的几十公里外的喇家遗址发现的小型陶窑给了我们研究与想象的空间。窑炉的温度与烧制时间的把握，决定着陶器最终的命运。有人说，陶，是时间的艺术，泥土太干则裂，太湿则塌。为了成就一件完美的陶器，匠人们需要等，等土干、等火旺、等陶凉，古人早就懂得如何与时间融合，一件件精美的陶器也告诉我们如何把握时间，如何与时间相融。

制陶的过程，要有足够的耐心和定力，给自己足够的时间，给事物的发生和发展足够的时间。仿佛播了种，浇了水，施了肥，给种子一些时间，给空气、阳光和四季一些时间，给萌发的过程一些时间，你就会看到明黄嫩绿的芽儿。

出色的匠人制作出一件件形状各异的陶器，并在上面勾画出各种精美画面时，将需要什么样的想象力？大千世界的复杂性，美的不同风格和范式仿佛吹拂进了生命的气息，活灵活现，照亮了人类混沌之处黯淡的岁月。

原始彩陶艺术以陶器作为载体，跨越数千年时空隧道，传递了原始社会末期人类的经济生活、生产方式、思想情感、宗教和文化艺术等方面的信息。

湟水两岸皆有彩陶发现，在柳湾村河对面的许多田地、山坡不时有彩陶出现，由此，也可以推测先民的聚落遗址就在湟水河谷两岸的台地上，选在岸边地势较高的台地上，其目的主要是为了取水方便和预防洪水。

目睹着来自河湟谷地的众多彩陶，吮吸着四千年前的河湟文化韵味，脑海中不断浮现出柳湾先民的生活画面，当我站在柳湾台地更高的山脊上，俯视这个湟水东流，两岸生机盎然的河谷，那些在遥远岁月中面容模糊的先民，在四千年前的原始村落，春种秋收，狩猎放牧，生儿育女，一个部落从生到死厮守相依，觉得远古的村落充满了比今天的乡村更多的安宁与温情。望着阳光下闪闪发亮的河水，望着河水浇灌的田野长满的希望，我想，倘若没有湟水，柳湾也将不会成为先民赖以安身立命的选择。正因为湟水的存在，柳湾——湟水谷地的一个小小村落，成为中国文化版图上，黄河上游区域最显著的文明标志之一。

这个古墓葬遗址因为世人的瞩目而使柳湾声名远播。

柳湾、喇家、宗日这些史前遗址起讫年代久远，分布地域广阔，气魄宏大，它们直接展现了黄河上游文化的起源、形成和发展，是中华五千年灿烂文明的重要组成，它们的价值和作用是其他古遗迹无法替代的。

站在新时代，我们注视古老的史前文化散发出的熠熠光芒，仿佛自己肩上又增加了一份沉重的责任，因为，我们肩负的历史使命就是传承文明，弘扬文化。岁月荏苒，但在历史的长河里，柳湾文化闪耀着圣洁的光芒，而且大地深处还会有一个又一个深藏的秘密等待着我们的发现。

破羌　沉淀在湟水河谷的历史印记

1

　　登上蚂蚁山，便可看到山顶上依山形修建的三个亭子，其中在最东边的亭子（后改建为塔）凭栏俯瞰，整个乐都城区便一览无余。因为湟水而形成的河谷使青海东部成为青藏高原最美丽富饶的区域。乐都地处大峡和老鸦峡两个峡谷之间的盆地中，南北两面山形成天然的屏障。这里相对宽阔，湟水河像一条飘带自西向东穿城而过，流向我们看不见的远方。铁路公路像几条弯曲的长线在远处的村庄和树木的遮掩下忽隐忽现，穿过城区的建筑后沿河水流去的方向延伸而去。刚参加工作时，我在县城的一所学校任教，很多次登上山顶俯瞰城区，那时还没有太多高大的建筑，站在高处，很容易便能找到自己所在的单位，也很快能在几栋楼房之间找见自己蜗居的宿舍所在的那排旧平房。每当心情不好时，总喜欢登高望远，看到开阔的河谷一望无际地向东西方向展开，眺望那苍茫中渐渐模糊的远方，便很快也就释然了。还记得当时在城区的东北和西北方向都是大片的温棚，提醒你这里是良好的蔬菜种植基地。那时我觉得自己对这个县城太了解了，闭上眼睛也会清楚地记得城区内东西向布局的几条街道和城区外南北向分布的几条大的沟岔，我知道它们的名字，也知道那些沟岔里依次排列的村庄。然而，离开这个地方十几年后，当我再一次登上山顶时，发生的巨大变化，使我一时无法与记忆中的印象连接起来。城区的面积扩大了很多，原先的村庄不见了，大片的温棚也不见了，成片的高楼拔地而起，已很难辨认原来工作的单位，许多新建的高楼就矗立在蚂蚁山的周边，当初不起眼的小山也建成了一座美丽的公园。居高远望，被纵横交错的路网分割的建筑群和穿插在其中的一个个休闲公园，使一座现代化的新城展现在眼前。我看着湟水河两岸打造的景观带和河上排列的各种桥梁，新鲜之中突然感到一种前所未有的陌生。

其实，我并未真正意义上远离这个地方，只是工作单位变换到了邻近的另一个县，再后来又到了更远的省城，在多次的往返之中也看到了乐都撤县设区和市政府迁入后不断发生的变化，只不过再也未登上过蚂蚁山顶。今天，当我又一次俯瞰城区时，突然想起了一句话："阻止了我的脚步的，并不是我所能看见的东西，而是我无法看见的那些东西。"
这是电影《海上钢琴师》的主人公对自己最终没有下船的解
释。"城市那么大，看不到尽头；连绵不断的城市，什么都有，
除了尽头，我需要看见城市的尽头。"当这句话回响在我的
耳边时，实际上触动我的是与他截然不同的另一种感受，那
就是我对自己认为曾经很熟悉的这座城市是否真正了解。当
我看到这十几年中所发生的巨变，我在想，在我认识这座城
市之前，它究竟是什么样子，它又经历了怎样的发展历程，
才是我当初看到的它的形象，一种深入探究的念头就这样占
据了我的内心。

　　据《后汉书·西羌传》等史籍记载，商周秦时期，青海
地区正是古羌人聚居的中心地区。到了西汉，北方匈奴实力
强大，河湟羌人被迫臣服于匈奴，匈奴与羌人遥相呼应，经
常发动以掠夺人口与财富为目的的对汉战争。汉武帝元狩二
年（前 121 年），骠骑将军霍去病于春、夏、秋三季连续三
次进击匈奴，大获全胜，打通河西走廊，切断匈奴与羌人的
联系。不过这次战争并没有涉及湟水谷地，在汉武帝的战略
规划中，直面蒙古高原的河西走廊是张汉朝臂腋，切断匈奴
与羌人联系的主战场。受降盘踞于河西走廊的匈奴浑邪、休
屠两王之后，汉王朝建置了酒泉郡等河西四郡。

　　这片土地曾经是古羌人的家园，据《后汉书·西羌传》
记载：春秋以前，湟水谷地"少五谷，多禽兽"，人们主要
依靠射猎为生。周考王五年（前 436 年）羌人无弋爰剑由

秦国逃到湟水谷地后，把从秦地学到的农牧业生产技术和经验传播到这里，湟水谷地的农牧业生产逐渐发展起来了。

2

汉王朝的边界止于黄河之时，羌人所控制的湟水谷地并不会对陇右的安全造成致命威胁，中央王朝对湟水谷地并没有引起更多的关注。而当河西四郡的范围沿祁连山北麓，向西延伸至西域之后，情况就不同了。以河西走廊包夹于青藏高原与蒙古高原之间的区位来看，一旦河湟谷地的羌人与北方匈奴人结盟，狭长的河西走廊就很容易被切断。在此后的历史中，西域的广大地区曾多次因此而脱离中原王朝的控制。

元鼎五年（前112年），河湟羌人联合十万之众，攻略汉朝边境。匈奴与之配合进犯今河套一带。次年（前111年），汉武帝正式发动了对羌人的战争，派将军李息、郎中令徐自为率兵10万进攻河湟地区的羌人。汉军在枹罕（今甘肃临夏）击溃羌人，大部分归降，一部分退往西海（今青海湖）、盐池（今茶卡盐湖）一带。汉军占领河湟一带后，西汉王朝为巩固新拓疆土，一面安抚归顺的羌人，一面向河湟一带大批迁徙汉人，开置公田。筑令居塞，汉廷设置护羌校尉，其后又设置西部都尉。护羌校尉初置时治所在令居塞（今甘肃永登县境），令居塞是河湟、陇西通往河西走廊的咽喉之地，常以重兵把守。护羌校尉是主管羌人事务的重要军政职官，有属官属吏，治事不辖地，领民（羌）不领县，管辖河湟地区的羌人各项事务。两汉时期，护羌校尉的治所驻地变动较大，主要取决于河湟地区各时期的政治、军事形势。汉代，郡一级负责带兵的是郡都尉。一般内地的郡只有一名都尉，边地的郡和新辟疆域设 2 至 3 名都尉。在设置护羌校尉后，西汉王朝又在四望峡（今老鸦峡）落都（今海东市乐都区境内）之西的湟水流域分驻西部都尉，执掌兵事，领兵设府，并开始在今西宁及其附近陆续设立兼具军事、邮驿、民政性质的"亭"。亭的主要官员叫亭长，负责管理所辖地方的民政、治安，有的兼管驿站、邮传。西汉时在河湟地区所设的亭，兼有防御外敌和实施邮传双重任务，边疆地区的亭与内地的使命不同，它是中央、郡、县之间传送文书、传递消息的驿站和军事行动的据点。当时设置在湟水谷地的亭，有史籍记载的主要有西平亭、东亭和长宁亭等，都是汉武帝元鼎六年（前 111 年）后设。西平亭亭址在今西宁市，负责西宁地区的军事防御和东西线邮驿。以后随着人口的增多，地方事务日益繁杂，逐渐兼具地方政权性质。历代统治者认为，得西宁则"右控青海，左引甘凉，内屏河兰，外限羌戎"。可见西汉设西平亭是具有战略眼光的。东亭亭址在今西宁市城东区乐家湾，负责今西宁东郊乐家湾、小峡等地的军事防御和东西线邮驿等。长宁亭位于今大通县长宁镇北川河西岸，距西宁市 20 公里左右，负责西宁至大通地区的军事防御与南北线邮驿。

1977年在西宁市城西区彭家寨汉墓出土了汉代木轺车，现收藏于青海省博物馆。木轺车是由一匹马牵引的轻便小车，是我国古代官员及邮吏乘坐的一种交通工具，也可视为汉代邮政出行、运输工具的缩影。此木轺车由马、车、伞组合而成，马的头、颈、身、腿、尾等部位分别制作，然后用榫卯对接组装。马通身黑色，眼、鼻、口部用朱红色、白色彩绘，肌肉轮廓清晰，富于质感，眼大口张，作昂首嘶鸣睨视状。车的造型轻便简洁，马的造型栩栩如生，车与马浑然一体，给人以强烈的艺术美感，是研究汉代舆服制度的珍贵实物资料。2020年6月18日，中国邮政发行"中华全国集邮联合会第八次代表大会"纪念邮票小型张一套一枚，该套邮票图案为青海省博物馆馆藏文物"汉代木轺车"，使我省珍贵文物荣登"国家名片"。这件文物也是当时湟水河谷设立西平亭的实证，历史上不少地方的军事、行政建置都是先设亭，待当地社会经济发展到一定程度，根据需要再设县。这是中原王朝经营青海地区的开端，此后中原地区的汉族开始迁居湟水。

汉宣帝初年，先零羌部落居住在湟水南岸，约定以湟水河为界，但羌人经常渡过湟水河到北岸放牧，汉朝地方官员多方劝阻，但羌人不予理睬。汉宣帝元康三年（前63年），宣帝派遣义渠安国到羌人部落进行协调和处理此事。不料安国以协商牧地为名，诱杀羌人头领四十余人。为此，引发了诸羌联盟大举进攻汉地。安国与先零羌大战于浩门（今甘肃永登县），安国大败，退守令居塞。

　　汉宣帝神爵元年（前61年）后将军赵充国以76岁高龄，率陇西官兵6万余人，从金城（今兰州西北）进入湟水谷地。赵充国统兵深入湟水谷地后，采取军事打击和政治瓦解相结合的政策，重创兵力强盛而又率先起兵反叛的先零羌，安抚众多的弱小胁从羌人部落，各部羌人纷纷归顺。汉王朝为安置归顺的羌人各部落，于汉宣帝神爵二年设金城属国。所谓属国，《史记正义》解释为"各依本国之俗而属汉，故曰属国"。也就是说，内徙各族受汉王朝统治而保留其原有的部落组织和生产方式。金城属国是专为安置内附河湟羌人部落而设置的。

　　护羌校尉和金城属国的设置，是河湟地区羌、胡（以月氏胡为主的其他少数民族）各部落纳入西汉中央王朝疆域内的表现，也是西汉中央政权对河湟地区行使有效管理的开始。

　　西汉王朝在北却匈奴、西征诸羌的同时，开始加强对西北边境的控制，设置金城郡。据《汉书·昭帝纪》载："以边塞阔远，取天水、陇西、张掖郡各二县置金城郡。"金城郡治在今兰州市西，初设六县为天水郡的渝中、金城县，陇西郡的枹罕、白石县，张掖郡的令居、枝阳县，均在今永靖县、临夏境内的黄河以东一带。因此，从战略上看，金城郡的设置主要是防御河湟羌人东进。

由此可见，护羌校尉、西部都尉、西平亭以及金城郡等的设置，一方面是为了管理降附的羌人，另一方面是为了确保河西走廊的安全，防御羌人东进。在湟水河谷只是设立了亭这种初级的管理机构，而把重心放在了大通河与湟水河交汇的区域（今甘肃兰州的红古、永登地区）和黄河出积石峡后的两岸区域（今甘肃临夏回族自治州积石山县及青海的民和地区）。这从地理的防守功能来看是很容易理解的，黄河流出积石峡，两岸就是今天积石山县的大河家镇和民和县的官亭镇，历史上就是重要的关隘。而湟水下游的老鸦峡成为一道天然的屏障把今天的乐都和民和隔离，只有在湟水出老鸦峡汇入大通河后又流入黄河的交汇区域形成了一片不大的冲积平原，适合于农业发展。因此当时的西汉王朝在青海东部牢牢掌控的地区就止于此，老鸦峡以西的湟水河谷虽有延伸的触手如设置的西部都尉、西平亭等，但实际的管控力有限。然而，这一切在赵充国率兵进入湟水谷地后发生了改变。汉宣帝神爵元年赵充国平定河湟，提出在湟水河谷地带"寓兵于农"，屯兵耕田的主张。赵充国上屯田奏称："计度临羌东至浩门，羌虏故田及公田，民所未垦，可二千倾以上，其间邮亭多坏败者。臣前部士入山，伐林木大小六万余枚，皆在水次。愿罢骑兵，留驰刑，应募，及淮阴，汝南步兵与吏士私从者，合凡万二百八十一人，用谷月二万七千三百六十三斛，盐三百八斛，分屯要害处，冰解漕下，缮乡亭，浚沟渠，治湟峡以西道桥七十所，令可至鲜水左右。"赵充国看到了这片区域对整个西汉帝国的重要性，屯田的目的既为防止匈奴与羌人河湟道的畅达，同时也更加有效地管控了当地羌人，他提出的屯田设想，从战略上实现了这一目的。他建议朝廷，屯田湟水两岸，就地筹粮，不仅可以"因田致谷"，"居民得并作田，不失农业"，"将士坐得必胜之道"；也可以"大费既省，徭役预息"。赵充国在湟水谷地大力推行"军事屯田"和"移民实边"政策，奠定了西汉后期西北安定的政治局面，极大地巩固了汉王朝的统治，同时也揭开了青藏高原早期农业规模开发的序幕。

3

在这里，我们很有必要站在更远阔的视野来认识和审视湟水谷地在青海乃至青藏地区的重要地位。

湟水河发源于海晏县包呼图山，是黄河上游最大的支流，流经湟源、湟中、西宁、平安、互助、乐都、民和，青海境内全长 349 公里，流域面积 3200 多平方公里，为黄河第三大支流。由于流域有不同的岩性与构造区，因而发育成峡谷和盆地形态。峡谷有巴燕峡、扎麻隆峡、小峡、大峡和老鸦峡等。峡谷一般长 5—6 公里，其中老鸦峡最长，达 17 公里，两壁陡峭，谷窄而深。盆地有西宁盆地、大通盆地、平安盆地、乐都盆地。湟水河从巴燕峡开始就穿流于峡谷与盆地间，形成峡川相间的地理特征。

　　自古以来人们就把黄河上游、湟水和大通河三河流域的
广阔地域称为河湟地区，河湟地区也是青藏高原和黄土高原
的过渡带，战略地位十分重要，为历代兵家必争之地。河湟
谷地则是一片由黄河一级支流的湟水以及黄河在青海高原
东北部所包夹而成的一片三角地带。不过整个河湟谷地在
结构上并非一大片冲积平原，而是由湟水水系诸河谷以及积
石峡以西的一段长约 200 公里的黄河河谷所组成的。可分
别称之为湟水谷地和黄河谷地。需要指出的是，河湟谷地的
精华并非只包括干流部分，两段河谷周边地势较低的支流河
谷，同样涵盖在它的范围内。如湟中、大通、互助、化隆等地，
就位于干流两侧的支流河谷中。河湟谷地其实是两条相对独
立的农业带。不仅如此，由于河谷的横切面宽度有限，周边
山峰又过于陡峭，湟水和黄河在青海境内并没有能力造就连
片的平原，只能在河流两岸形成一些相对独立的河谷阶地。
在湟水之南的黄河两岸与湟水相对应的区域里，贵德、尖扎、
化隆、循化四县，则基本覆盖了青海境内能够适合开发为耕
地的大部分黄河谷地了。加上湟水谷地，整个河湟谷地能够
占据青海省的耕地、人口数量都超过八成了。可以说，成就
河湟谷地优势的首先是它的农业条件。以海拔来说，河湟谷
地属于整个青藏高原的最低点。位于湟水河谷和黄河河谷西
段的西宁、贵德来说，海拔只有 2200 多米，而在谷地东段
的民和县与循化县，海拔更低至 1800 多米。河湟谷地的另
一个地理优势在于朝向，两条河谷整体由西北向东南方向延

伸，并呈逐渐走低的地势，这种朝向能够使之直面东南风。在两侧山体的作用下，那些来自太平洋的暖湿气流在穿透峡谷之时，会更容易抬升形成地形雨。此外，相对较低的海拔以及东南季风的深入还使得河湟谷地的气候不至于太过寒冷，无霜期基本都处于 120—200 天的区间，足以保证农业生产的基本要求。

我国著名的地缘学者温俊轩对湟水谷地有着更为深刻的认识，他说，这块适合发展农业生产的区域，与关中平原这样的大块冲积平原相比是很不起眼的。也正因为如此，在汉帝国决心向西扩张，以减轻来自匈奴的压力时，湟水河谷并没有成为中央王朝关注的区域。然而问题的关键在于，湟水河谷并非生成在那些并不缺少农业用地的地理区域，而属于青藏高原。它的重要性可以拿一组数字来做说明：2017 年的统计数据，湟水干流居住人口 296 万，占全省总人口的 57%，耕地面积 29.4 万公顷万亩，占全省耕地面积的 49%。2017 年青海省的常住人口为 600 万，而湟水流域的总人口超过 390 万，占比达 65%；而其总面积仅有 26000 平方公里，仅占全省面积的 3.6%。湟水河谷整体地势比黄河河谷更为低缓，可以说，湟水谷地在青海占有非常重要的地位。基于湟水谷地之于青海高原适宜居住和发展农业的优势以及直面黄土高原的位置优势，它不可避免地成为黄土高原与青藏高原势力博弈的焦点板块。对于中原王朝来说，得到湟水谷地虽然还不足以帮助其控制整个青藏高原，但最起码可以阻止青藏高原的势力威胁黄土高原。也许赵充国当时清楚地看到了这一点，才三上屯田奏，建议西汉王朝在湟水谷地实行军事屯田。

而后来的发展也证实了这个设想，西汉王朝为了加强和巩固边防，健全西部行政区划，于神爵初在河湟地区首次设立郡县，金城郡新增河湟 7 县，由原来的 6 县扩大到 13 县，河湟地区正式纳入了郡县体系当中。新增的 7 县为允吾县、临羌县、破羌县、安夷县、河关县、允街县、浩门县。其中，允吾县辖今民和县与甘肃永靖县西北地区。城址位于浩门河水汇入湟水处以东、湟水入黄河以西的湟水南岸。这里不但紧扼黄河的几个重要渡口，也是控制河西走廊的咽喉、通达湟水流域的门户，地理位置非常重要。金城郡辖区扩展后，为便于经营，郡治便移到了黄河以西的允吾。临羌县因辖地临近羌人控制的地域而得名，辖今湟源县和湟中区部分地区。破羌县辖今乐都地区，城址在今乐都区高庙镇老鸦古城。安夷县辖今平安区、互助县、湟中区部分地区，治所在今平安镇西营村三合沟口东的营盘台一带。河关县因临峡关地处军事、交通要隘而得名，辖今积石山县和循化县等地，治所在今积石山县大河家镇。允街县辖今永登县中东部和兰州市东北部等部分地区，治所在今永登县境中部庄浪河下游西岸。浩门县辖今永登县西部和兰州市西部等部分地区，治所在今永登县河桥，位于大通河下游东岸一带。

湟水谷地峡谷相间的地理特征，使每一个今天能够成为市县级行政中心所在地的河谷，都可以看成一个相对独立的点。

4

破羌县治所最早修建于汉宣帝神爵二年（前60年），最初建筑规模雄伟，不仅有高大的城门两座，而且还有护城河。在后山还建有瞭望塔和烽火墩。今天，在破羌古城周围及湟水北岸，还保存有许多烽火墩的遗迹，这些烽火墩，多为汉代及汉代以后至明代所建筑。有些烽火墩虽然只留下了一些遗迹，有些甚至连遗迹也看不到了，它们的名字却作为一种历史的记忆留了下来，如冒烟墩、蒲家墩、小峁墩、大峁墩等。

破羌县城为什么要建在老鸦峡的西边峡口处，这与当时的军事防御有着直接的关系。因为湟水南岸住着许多羌人部落，而破羌古城正好处在当时的允街县进入湟水河谷的最东边的乐都盆地，也是从湟水河谷通往兰州的咽喉之地，所以破羌县城修建在这里，向南可窥视羌人的活动情况，向西可以兴修水利，开垦农田，大力发展农业生产。破羌县城地处湟水老鸦峡西口，东北为通往今甘肃永登的冰沟大道，为历代交通要冲之地。湟水河谷郡县的设置最初完全是以建立政治军事据点来考虑的，因而地址的选择都以军事需要为先。破羌城位于今湟水河谷乐都盆地最东端，这里川谷开阔、土地肥沃、气候温和、光照充足、水源充沛、引湟灌溉历史悠久，是湟水谷地自然条件最优越的地区之一。老鸦峡绵长三十余公里，两山对峙，阻隔交通，因峡内有数处悬崖峭壁，难以凿通，所以历史上都从今甘肃永登县经河桥驿，进入乐都冰沟城（今芦花乡城背后村），再经破羌城（后多称为老鸦城）深入湟水谷地腹地及以西地区。同样青海与内地的往来都是从破羌城往东北上山走冰沟城进入甘肃窑街，绕过峡谷而行。因此，破羌城因境内老鸦峡的险要地势，扼青海之门户，历代都很重视其守戍，地理位置十分重要。自古以来是沟通青藏和内地的交通要道，古丝绸之路南辅道的转运点和唐蕃古道的必经之地，也是古道上的重要关驿。

河湟地区东连关陇，西通青海，为河西之右臂、洮岷之门户，战略地位十分重要。汉武帝开拓湟中以来，大批汉人不断迁入，与西羌等当地各民族长期杂居，相互交流融合。西汉将河湟地区纳入中央王朝郡县体系后，经过两百多年的发展，已完全具备了设置郡一级军政机构的条件。东汉建安年间（196—220年）前期，东汉政府从金城郡西部析置西平郡，治所在西都县（今西宁市）。西平郡辖西都、破羌、临羌、安夷4县，均在今湟水流域。占据湟水谷地的汉王朝，首先要做的是将谷地农耕地带变为帝国在西北的农业支撑点，打造成重要的军事要塞。这些郡县最先构成了湟水流域的防御体系，也是湟水流域出现得最早的城镇。

随着中央王朝对湟水流域管控力的加强，湟水河谷的区位交通优势也进一步显现，顺着湟水一路上溯就是青海湖。

穿越青海湖盆地再往西，则是位列中国四大盆地之一的柴达木盆地。从柴达木盆地穿出，便进入了塔里木盆地东端。这意味着，如果从陇右高原打通一条通往西域的通道，可以选择经湟水河谷、青海湖盆地及柴达木盆地北沿，穿越青海高原的线路。整个线路再向东延伸的话，则可在渡过黄河后经洮河河谷进入渭水河谷，然后再由陇关翻越陇山，顺千水进入关中平原。

上述路线连起来便是丝绸之路南道在西域以东的走向，其中翻越青藏高原的部分被称为青海道。总的来说，青海道的通行条件不如沿河西走廊延伸的河西道。一方面是因为青海道的整体海拔较高，行人更容易遭遇高原气候的挑战；另一方面也是由于河西走廊沿线，均匀分布有数个绿洲，可提供稳定的补给。而青海道，农业线只能延伸到湟水河谷西端的日月山。

湟水河谷与青海湖区域的分水岭是达坂山在此转而向北的一段延伸——日月山。这段山体通常被认定为是整个青海地区的农牧分界线。越过这条分界线进入青海湖区和柴达木盆地，就将进入游牧经济才能适应的环境。因此，青海道在丝绸之路的历史上，只有在河西道因各种原因中断后，才会成为沟通中原王朝与中亚地区的主线（比如南北朝时期和北宋时期）。

3000 多米的海拔及东部高大山体的阻隔，使得青海湖已经不再有机会享受太平洋季风的润泽。任何试图将这片游牧之地开拓成耕地的想法，都将遭受严峻的挑战。西汉末年，王莽篡政，力图开疆拓土在青海湖区设置西海郡，郡治在龙耆（今海北州海晏县三角城）。王莽摄政元年（6年），西海郡被羌人占据。次年，王莽遣护羌校尉窦况击败羌人，恢复西海郡。公元23年，王莽政权瓦解，羌人又占据西海郡。海晏县是一个山地包夹的小型盆地，是西海郡进行农业开发的唯一依靠。为了建设西海郡，王莽曾强制向此地迁移了数以万计的人口。然而这片土地高海拔及向西北方向的开口，使得海晏盆地并不适宜农业生产，随着王莽政权的迅速衰亡，西海郡很快重新被游牧的羌人部落所控制。东汉王朝曾尝试在日月山下再次移民屯垦，只是受恶劣环境的影响，同样仅坚持了数年便遭遇失败。日月山分界线，也昭示着湟水河谷的西部边际线，对于农耕民族来说，广袤的草原没有开发的价值，在随后的大部分时间中，这条分界线就成了中央王朝在青藏高原上控制力边界。

此后的历代王朝都先后采用"戍边屯田""移民屯田"等措施，引进农耕技术和生产工具，兴修农田水利，进行湟水河谷农业的开垦与开发，使这片土地成为中国农业版图上一块不可或缺的要地。河谷地带的农耕经济和农产品供应，使它们因此受到中央王朝的关注，发展成为交通线上的重要节点。

对于长期活动于高山草地的游牧民族来说，高大的山体，高海拔带来的降水，能够做到为游牧者提供横跨全年的四季牧场。然而基于湟水河谷的优越位置，如果游牧民族控制了这块直接对接陇右高原的土地，就获得了威胁黄土高原的能力。因此，湟水河谷除了短期的安定，更多时候是各方势力博弈的前沿。

破羌县城自修建以来，一直是汉军和羌人的争战之地。汉安帝永初三年（109年）春，羌人首领当煎和勒姐种聚集羌兵，强攻破羌县城，护羌校尉假司马赵孟元（赵充国五世孙）率领四个儿子同守城将士与羌兵大战，赵孟元与三个儿子相继阵亡，唯四子赵宽幸存下来。这次战后，县城残破，军民四处流散，赵宽从此迁居到陕西冯翊（今陕西大荔县），直到汉顺帝永建六年（131年），飘零了二十多年才回到旧居破羌县城。饱读诗书的赵宽，原籍陇西，后随军居破羌城，从事教育。赵宽在破羌城去世后，当地群众为了颂扬赵氏族人的功德，于东汉光和三年（180年）十一月立碑纪念，碑额用大篆书写"三老赵掾之碑"。这是黄河上游地区发现的数量不多的汉碑之一，也是青海省迄今已知的最早的一通石碑。此碑的出土面世，引起国内史学界、考古界和书法界广泛关注和重视，一时间掀起了"三老赵掾之碑"研究热，有学者指出："顷以青海文献无证之际，获此汉碑，不啻为青海文献放一异彩也。"

"三老赵掾之碑"出土后虽石碑断裂，但损字不多。现存墨拓碑帖，仍清晰可辨，为我们提供了珍贵的历史文献资料。碑文记述并高度赞颂了其祖上赵充国平定西羌的历史功绩，还涉及金城郡及破羌、浩门等县的设置，从不同的角度印证了《汉书·赵充国传》和《汉书·地理传》的记载。

"三老赵掾之碑"详细记载了赵氏家世源流，此外，还涉及汉代政治、军事、建制沿革、文化教育、民族关系等方面的历史情况。其中赵宽"教诲后生，百有余人，皆成俊艾，仕入州府"的史料，是乐都以至青海省有关教育的最早文字记载，应该说赵宽就是乐都文化教育的奠基者。1975 年在高庙白崖子村北旱台汉墓中出土"赵国印信"骨印一枚，正面篆书"赵国印信"四字，背书"臣国"二字，该印 2.5 厘米见方，现存于青海省博物馆。1981 年又在乐都引胜乡赵家寺村出土"诏假司马"铜印一枚，也是 2.5 厘米见方。这两枚印信据考证均为东汉时期的文物，"赵国印信"出自赵宽家族墓地所在地，赵国可能是赵氏家族的成员。"假司马"，汉官名，即司马副贰，是东汉赵氏世袭的官爵，据了解，此赵家寺村的赵氏，与赵宽家族并无关联，而其祖上的假司马官印为何出现在此地，已无从考证。

通过碑文内容，我们对赵充国安羌定边的历史事迹以及他的后裔扎根河湟、保卫西陲、敷设教化、启迪来学的献身精神有了进一步的了解。追忆先贤，不禁感慨万千，面对他们不可磨灭的功勋，怎不令人追思赞叹，油然而生深深的敬意。

5

　　破羌县作为湟水谷地最早建立的县级建制，经历了河湟地区的发展过程，其中心后来西移至今天的城区所在地碾伯镇，名称也几经变换。乐都其名源于建立南凉的秃发（拓跋）鲜卑，是史书上说的河西鲜卑。在更早些时候，乐都被称为落都、落都谷，后被雅化为乐都。据说，它的名字来自古羌语，意为"双岔沟口"或"三条沟交汇的地方"。也有"山神"或羊神的意思，寓意吉祥、平安。

　　东晋十六国时期，湟水流域区域中心游移不定，究其原因，也是与其间割据政权林立，朝代嬗替频繁的政治、军事形势密切相关。在十六国北朝的二百多年间，其中先后统治河湟地区或曾在此角逐过的政权有前凉、前秦、后凉、后秦、南凉、西秦、北凉等。各政权根据自己的民族风俗习惯和各自的政治军事目的影响着城镇的发展，造成郡县时废时置、辖区时大时小。不安定的社会环境抑制了湟水流域城镇的发展，城镇的废置、更迁完全取决于战争攻防的需要。尽管如此，作为湟水流域最早出现的城镇，破羌县依然是湟水河谷的区域中心之一。

　　在东晋太元十五年（390年），乌孤率众南下，进入湟水流域。次年，乌孤先后征服了曾一度叛离的乙弗部和折掘部，从而在湟水流域立住了脚跟。同年，令部将石亦干筑廉川堡（在今民和史纳古城），作为秃发氏在大通河、湟水流域的政治中心。

东晋太元二十二年（397年）秃发乌孤自称大都督、大单于、西平王，建立秃发氏政权，国号凉，史称"南凉"。之后，乌孤率军扫荡河湟地区后凉及羌人势力，于东晋隆安三年（399年）正月，迁都乐都，致力于河湟地区的经营，重农积谷，治军强兵，拓展地盘。乌孤死后，其弟利鹿孤继位，内修政事、劝农耕桑、兴办学校、尊崇儒学，国事显盛。东晋元兴元年（402年），利鹿孤病亡，傉檀继位。在傉檀的治理下，南凉政权进入鼎盛时期，其疆域东起今甘肃省景泰至兰州一线黄河以西，西至河西大黄山麓至青海湖东北再至今青海贵德一线，南至黄河以南今青海同仁至循化一线，北抵今内蒙古腾格里沙漠西部。

西汉时期，随着郡县设置，大量汉族人口迁入，而随之传播的汉文化，对湟水流域政治、经济、风俗乃至区域文化的形成产生了巨大的影响。水利设施、水磨、冶铁技术这些农耕文化的产物相应在湟水河谷出现，汉族人利用先进的农业生产技术，带动了湟水流域农业的发展，丰富了湟水河谷农耕文化的内容。汉文化第一次作为系统的、完整的中华民族的主导文化进入湟水流域，成为河湟区域文化的基础。

鲜卑秃发部迁都乐都后，迁徙大批汉族人口到河湟从事农业生产，并设立学校，选拔人才，开科取士，大批士族和俊杰之士加入了南凉政权，汉文化及其政治制度逐渐占了主导地位。特别是利鹿孤采纳史暠的建议，延聘西平硕儒田玄明、秦陇士人赵诞为博士祭酒，开馆延士，举办儒学，大大加速了南凉政权汉化和封建化的进程。

南凉王国距今已 1600 多年了，所留下来的文化遗迹现在只有两处，一个是西宁的虎台，据说是当时南凉进行军事演练的点将台。另一个重要的文化遗址就是南凉都城——乐都大古城。乐都是南凉的政治中心，其为国都时间最长。《晋书·秃发傉檀载记》记载傉檀曾"大城乐都"，也就是说大规模地修筑乐都都城。南凉古城有内外二城，外城广大。清顺治年间的《西宁志》载："二城连环约三里。"该城遗址在今乐都区城西 5 公里的大古城村及其以北，南临湟水，北依裙子山，东西地势开阔平坦。据《乐都县志》载："系南凉国秃发乌孤国都旧址。"这座曾经的王者之城湮灭在历史的尘烟中，但与古城相关的许多名称依然留了下来，如"北门壕子""南门台""古城角落"等，它们如岁月之手留下的一抹痕迹，默默诉说着一段历史。

6

隋唐时期是中国历史上封建制度进一步巩固、完善的时期，是一个承前启后的时代。隋炀帝大业三年（607 年），改鄯州为西平郡，治所在湟水县，位于今乐都区碾伯镇，使乐都又一次成为湟水地区的中心。西平郡的辖区为今湟源县以东湟水流域、大通河流域部分地区及今化隆县黄河以北一带。隋大业五年（609年）三月，隋炀帝率大军从长安出发，跨陇山，经狄道（今甘肃临洮），出临津关（今甘肃积石山县大河家），渡黄河，至西平郡（今乐都），陈兵讲武，部署军事。五月九日，大猎于拔延山（今乐都与化隆的交界处），以耀兵威。之后，经今西宁北上，入长宁谷（今西宁北川），度星岭（今大通县桥头镇西南中岭），十八日，大宴群臣于金山（今大通娘娘山）。二十四日，至浩门川（门源县大通河谷）。几天后，隋军在覆袁川（今门源县永安河谷一带）周边，连营数百里，欲围歼吐谷浑王伏允。伏允率数十骑逃出重围，吐谷浑部众十万余人降隋。六月初，隋军击败吐谷浑大军，乘胜攻破吐谷浑都城伏俟城，吐谷浑国亡。伏允南奔，客居党项（今青海果洛）。六月八日，隋炀帝一行经大斗拔谷（今青海祁连县与甘肃民乐县交界之扁都口）前往张掖，接见西域二十七王及其使者后，于九月二十五日返回长安。隋炀帝是唯一到达河湟地区的中原王朝的皇帝，《隋书·礼仪志》中详细记载了公元609年隋炀帝在拔延山狩猎的情况。

唐代是一个繁荣强盛的封建王朝，各项政治制度日臻完善。以唐玄宗天宝末年的安史之乱为界，前期社会相对稳定，经济持续发展，史称"盛唐"时期。唐朝参照秦汉时期的国家战略格局，确立了以关中为中心，东临山东，南制江南，形成控制全国的战略。在地方行政建置上，唐前期沿袭隋朝，实行州、县二级制。在军事的建设上推行府兵制，在全国各地设置折冲府，而关中置府三百六十一，士兵屯积二十六万，其主要目的还是要防范河湟附近众多的少数民族政权。唐后期改为道、州、县三级制。唐朝的道，最初是作为监察区或军事行动区域而设。唐太宗贞观元年（627年）全国按山河形势分为10道，今河湟地区属陇右道，陇右节度使最初驻鄯州（今乐都碾伯镇）。鄯州是唐高祖武德二年（619年）设置，境辖今青海湟水流域等地区，治湟水县，位于今乐都区碾伯镇。乐都成为唐在西北地区的政治、经济中心和军事重镇，那时以乐都为政治中心的陇右地区是"闾阎相望，桑麻翳野，天下称富庶者无如陇右"（《资治通鉴》卷216）。关中中心位置的确立，使得河湟地区的重要性进一步提升。随着吐蕃崛起，对于唐朝一直虎视眈眈，安史之乱后直接占据河陇地区，将唐朝的臂膀斩断，直接威胁到唐朝的存亡。不只是吐蕃，还有突厥等少数民族，经常扰乱河湟一带，所以，唐朝在治理河湟地区的战略是上升到国家层面的，特别在军事部署上尤为明显，河湟对唐朝的重要性首先体现在京畿方面，由于关中的中心地位，所以西北河湟边防就成为全国边防的主要部分，它由河西、朔方、陇右、北庭、安西五地组成独立的中央戍卫区，其中河西走廊和河湟地区的防御就是这块区域的重中之重，随时左右着西北战局。

随着吐蕃实力的不断增强，以鄯州为核心的河湟地区战略地位直线上升。高宗时期，设置鄯州都督，标志着河湟地位的进一步凸显，并且在反击吐蕃和突厥的多次战争中，河湟起到了至关重要的作用。

吐蕃吞并吐谷浑后，以青海湖为基础，形成对唐朝东、南、北的进攻包围圈。唐与吐蕃之间不再有缓冲地带，吐蕃可以从吐谷浑旧地获得充分的人力财力物力供给，与唐交锋也没有了劳师远征的后顾之忧。面对吐蕃的严重威胁，唐加强了鄯、廓两州的防务。在鄯州设置了河源军，驻军达到了14000人之多，升廓州为积石军，驻军7000余人，以今天的乐都为中心构筑了一道牢固的军事防线。开元二年（714年），唐又设陇右节度使于鄯州，节度使是一种设于军事要地的特殊建制，节度使通常兼任辖区的都督、刺史，集地方军、政、财权于一身。乐都成了整个陇右地区的军事中枢。在乐都老鸦峡口，原残存有部分唐代摩崖石刻，落款为"唐开元二十年镌刻"，这是当年唐军往来的遗迹，可惜在20世纪修路时已被彻底损毁，荡然无存。陇右节度使设置以后，唐军以乐都为基地，全力抗衡吐蕃势力向东挺进，将吐蕃的军事力量阻挡在赤岭以西地区。大非川之战以后，唐蕃双方又发生了数次规模很大的战役，比较著名的有承风岭之战、良非川之战、素罗汉山之战等。这些大战，虽然都发生在今乐都辖境之外，但乐都作为陇右节度使的治所，是这些战役的指挥中心，在唐蕃双方的兵戎交戈中发挥了特殊作用，有效地抵制了吐蕃的入侵，河湟地区作为唐朝边防前哨的重要地位名不虚传。

湟水河谷的重要性不仅仅体现在军事领域，这块区域也是唐朝和少数民族交往的中转站，在和平时代，此地还有着多方政治谈话缓冲地和贸易往来的作用。唐初平定河西，吐谷浑就派遣使臣来到唐朝表示愿意称臣纳贡，在 15 年间，吐谷浑一共出使唐朝超过 14 次，几乎年年上贡。更夸张的是吐蕃，在贞观八年到会昌六年的 212 年中双方派遣使臣达 191 次，这些大量的人员来往都是通过湟水河谷。还有一直成为美谈的弘化公主、文成公主、金城公主等都是经过湟水河谷然后前往少数民族地区进行和亲。湟水河谷还是唐朝和吐蕃商谈会盟的地方，玄宗时期就有两次选在此地，因此该地具有不可多得的政治缓冲优势。

河湟地区的少数民族基本上都是游牧民族，其与中原地区的农耕民族之间具有很强的互补性，唐朝就利用这一点和少数民族展开贸易，最著名的应该就是茶马互市。武德三年，河湟承风岭开放互市，开元二十一年，赤岭开放互市，其主要就是以丝织品、茶叶换取战马，促进了当地的经济发展。除了互市，当地还形成了大量的军镇。唐朝为了防范吐蕃和吐谷浑的入侵，时刻在此地驻扎大量的军队，但是军队需要大量的粮草，然而又存在运送不便等问题，于是，开发当地成为军队的新目标。仪凤年间河湟地区"营田五千余顷，岁收百余万石"，于是，这个地方随着军队的屯扎开始形成市镇，经济也越来越发达。

河湟地区政治、经济的重要地位促进了当地的开发，形成了很多重要的军事城镇，这为唐朝时期民族的融合交流提供了一个绝佳的平台，松赞干布一度羡慕和喜爱唐朝先进的文化，于是通过派遣留学生、联姻等正常手段来学习汉族文化，文成公主到西藏后也带去了不少天文历法、医学科技方面的知识。金城公主入藏后，吐蕃派遣使臣向唐朝求取《诗》《礼》《左传》《春秋》等儒家学派的经典著作，为中原文化的传入奠定了基础。虽然，唐朝和吐蕃等少数民族之间的战争时有发生，但是，每次大的战役的背后都伴随着大量人员的流动和迁徙，这就从侧面上促进了民族融合和交流发展。

7

唐贞观十五年（641年），唐宗室女文成公主由唐都长安出发，跋山涉水，经秦州（今甘肃天水市）、狄道（今甘肃省临洮）、枹罕（今甘肃省临夏），自炳灵寺渡黄河，入鄯州境内的龙支城（今民和县柴沟乡北古城），沿湟水西行，直达鄯城（今西宁市）。然后西越日月山，进入吐谷浑境内，西南行至柏海（今青海鄂陵湖和扎陵湖）后入藏，远嫁吐蕃赞普松赞干布。文成公主和亲，在神秘的青藏高原留下了一个穿越千年的印记。在《文成公主》实景剧里，两句歌词颇具代表性，一句是开场的"天下没有远方，人间都是故乡"，一句则是最后一幕的"人间都是故乡，相爱就是天堂"。两句歌词似乎把故事的悲欢离合诉说得颇为浪漫唯美。然而，这一曲华美史诗的背后究竟是怎样的历史，真如后世所传那般美满团圆吗？和亲后，大唐与吐蕃之间关系极为友好，使臣和商人频繁往来。文成公主带来的佛像、珍宝、饰物、食物、锦缎、书籍、种子等陪嫁物，给吐蕃带来了先进文明，帮助吐蕃快速发展，架起了汉藏友好的桥梁，促进了唐蕃间经济文化交流，增进了汉藏两族人民亲密、友好、合作的关系，是汉藏关系史上光辉的一页。

文成公主途经乐都没有留下相关的文字记载，但乐都北山跑马的活动一直延续至今。相传，松赞干布为迎接文成公主的到来，举行了盛大的欢迎仪式，其中有一项引人注目的活动就是赛马。松赞干布本人也参加到赛马的行列中，结果他没有取得前三名，只得了第十三名。文成公主为表达对松赞干布的一片深情，当场宣布从第一名到第十三名都给予奖励，而且都是一样的奖品。这就是直到现在有的赛马会上取前十三名奖励的由来。

每到农历六月，乐都北山乡镇各村都先后组织开展赛马活动。一般比赛从"六月六"开始，乐都上北山到下北山的千余平方公里大地上，到处是油菜飘香、马蹄声声、"花儿"阵阵。著名的赛马会有松花顶牛粪滩、大俄博、小俄博、昂么、土官沟、平坦等。骑手们着盛装、跨骏马，威风凛凛，俨然出征前的战士，引人注目。那些久经磨炼的跑马刨着前蹄，雄姿勃勃，有势不可当之气魄。

比赛开始了，骑手们一手紧挽辔头，一手挥舞马鞭，高声吆喝，频频催促自己的坐骑。匹匹飞骏，蹄声嘚嘚，像一支支刚刚脱弦的彩色响箭，风驰电掣般冲向目标，令人目不暇接。围观的人群呐喊助威，欢声雷动。整个赛场激烈欢腾，成为乐都夏季最引人入胜的画面。随着时代的发展、社会的进步，北山跑马成为乐都民间体育运动品牌而享誉青海高原。

关于文成公主远嫁西藏后的生活如何，说法不一，根据《敦煌本吐蕃历史文书》的记载，文成公主入藏后的几年，松赞干布忙于作战，他与文成公主仅一起生活了3年，没有子女。松赞干布在迎娶文成公主9年后去世，而文成公主继续在西藏生活了31年。徜徉在历史的长河中，我们也会产生一种伤怀之情，总在某个时刻突然想起某个历史人物的命运，而产生不可名状的伤感与失落。这种感觉使我们不断回想，引发我们的触动或共鸣，甚至有些感动，找不到原因，但它突然会汹涌而至。历史的兴衰更替，个体命运的悲欢离合，带给我们一种旷达辽远的感受。

从文成公主的传说中我们看到，从和亲始末，唐蕃双方的政治博弈和军事冲突始终存在。以大局而言，和亲的"和平效应"的确存在，在松赞干布去世后的30年里，文成公主积极劝谏新主，派吐蕃人到唐朝学习诗歌文化、先进的生产经验和医疗技术。文成公主进藏带去了种子、药物、经史、工艺书籍、日用器皿等，其随行人员中有各种各样的技师、工匠，促进了藏汉民族间生产技术的交流。《王统世系明鉴》载："公主到了康地的白马乡，垦田种植、安设水磨……，使乳变奶酪，从乳取酥油，制成甜食品。以丝紬工织，以革制绳索，以土作陶器。"这说明随着公主入蕃，唐的农具制作、纺织、制陶、种植、乳品加工等生产技术相继传入吐蕃。她热爱这片土地，并身体力行地向吐蕃人民传授中原的生产方式，全身心投入改善吐蕃人民生活的行动中，深受百姓爱戴。

8

河湟是历代必须经营的军事重地，首先它地理位置优越，其次它是贯通中原和少数民族地区的必经之地，也是文化、政治的融合点、交流点。无论是守卫国都还是商贸交往，都必须要好好经营河湟这个特殊的地区，唐朝初年运用河湟天然的山川形势再结合政治中心，达到以内御外的政治目的，河湟正当京畿西北部的要害，屏护京师，所以在前期河湟的开发和整体防御上为唐朝的攻势战略部署起到了至关重要的作用，但是安史之乱以后，河湟地区的丧失，使代宗时期吐蕃轻而易举突破西北防线，直逼长安。由此可见河湟地区的重要地位，其中关键的原因就是河湟地区的丢失直接让吐蕃侵占了河陇地区，使西域成为飞地，京畿门户大开，长安直接暴露在游牧民族的铁骑之下。因此，唐朝在彻底失去河湟地区的支配地位后，在短时间内就直接亡国了，这也客观上造成了宋朝的羸弱。

河湟地区的地理位置，决定了它不平凡的历史，无论是军事、政治、交通它都算得上极其重要，河湟东入长安、南至吐蕃、西达西域、北靠河西，无论是哪方势力夺得此地，就相当于立于不败之地，占据军事先机。所以唐、宋才会如此重视。河湟地区不但对唐朝重要，对宋朝也更加重要，宋朝主要的战马补充来自占据了河湟地区的吐蕃。宋朝继承唐朝的国土时，河湟地区已被吐蕃部落占领，宋朝缺乏重要的战马基地，因此河湟地区吐蕃各部的重要性又得以凸显，贯穿宋朝兴亡的关键，随着"茶马互市""联蕃御敌"的商贸和军事策略的确立，不难看出河湟地区在宋朝的重要地位。

河湟地区影响着宋朝近两百年的发展历程。宋朝继承了唐朝留下来的破落根基，燕云十六州的丢失直接让宋朝失去了重要的牧马场，然而宋朝在面对辽、金、西夏的进攻时因为缺少战马，所以军队战斗力严重不足，导致常吃败仗，朝中有识之士就主张在河湟一带复设茶马互市，来获取充足的马匹。

宋朝通过"茶叶外交"，在占据河湟的吐蕃各部手中成功交换到了充足的战马，满足了军队的需要，并且获取了大量的利润。

湟水河谷地处辽、金、西夏和北宋的过渡带，对于北宋来说有着重要的军事意义，首先，湟水河谷地势险恶，能够充当北宋的天然屏障，给少数民族南下带来巨大的阻碍。其次，吐蕃人民有着与辽、金等相似的体质优势，从小骑马射箭，山地行走如履平地，如果能够任用他们，将会极大提高宋朝军队的战斗力，还能够充当先锋和获取相关情报，这对于宋朝来讲是个必须要争取的地方。

因此宋朝极力保护吐蕃人民的利益，禁止汉人进入吐蕃地界偷盗马匹出来贩卖，还给予吐蕃一些在茶马贸易上的优惠，这些政策的实施让吐蕃对宋朝是心生感激的，再加上唐朝时期就在吐蕃盛行汉族文化，在河湟地区吐蕃各部境内有着大量的汉藏混居区，所以宋朝与占据湟水河谷的吐蕃是能够进一步结成联盟的。湟水河谷在宋朝的重要作用，一是战马问题，二是同盟关系，这两点一直贯彻在宋朝对吐蕃采取的政策之中，事实证明宋朝的这些措施取得的成绩还是不错的，在与辽、金等国战争中依靠着湟水河谷还是勉强存活了不少时日。

湟水河谷在唐宋两代的重要地位可见一斑，都是重要的军事地区和处理民族事务的最好区域，一旦处理不好就会像唐朝一样危及京都，处理得好就可以像宋朝一样获取不少筹码，因为湟水河谷的地理因素实在太过重要，可以直接左右王朝内部的决策倾向。

青唐吐蕃政权日益强大后，周边的西夏、辽国、回鹘纷纷主动要求联姻，辽国和西夏都将公主嫁给了唃厮啰的幼子董毡。而唃厮啰同时和宋、辽、回鹘交好，组成对西夏的包围圈，遏制了西夏的继续扩张。青唐和宋朝的贸易，依旧以茶马互市为主，宋朝每年购良马两万匹，其中青唐马占了十之七八。

当时，西夏控制了河西走廊后，对过境商人的财货"十中取一，择其上品"，剽劫贡商，扣留旅人。来往于中原和西域的商队贡使，纷纷绕道青唐，而唃厮啰则疏通和恢复了这条从西域经青海、湟水河谷而入中原的古道，还派兵护送西域各国商队，直至宋朝边境。因此，青唐也成为胡商云集、宝货山积的重要商贸城市，城中定居的于阗、回鹘商人多达数百家。

青唐吐蕃除了成为西域和中原贸易的中转站，还建立了发达的商业，而且在湟水两岸，依水筑屋，种植五谷，农业得到恢复发展，吐蕃部族射猎牧放的牧业传统也被保留。唃厮啰还广建禅院佛塔，在宫殿旁就供有高数十尺的黄金佛像，河湟地区成为藏传佛教得以再度兴盛的发源地。

公元 1065 年，唃厮啰去世，享年 69 岁，在位 57 年，实际执政 49 年，这位文韬武略皆备同时又审时度势的一代雄主的去世，也宣告着青唐吐蕃政权黄金时期的终结。唃厮啰幼子董毡继位后，其长子瞎毡的儿子木征据河州，次子磨毡角据宗哥，分别拥兵自立。董毡继续对宋友好的政策，曾出兵助宋攻夏。然而宋朝王安石变法后，改边境政策为积极拓边。公元 1068 年，王韶上《平戎策》，提出"欲取西夏，当先复河湟"的计划，王韶更认为，青唐吐蕃各部分裂，互不统属，难以与西夏抗衡，反而极易被侵吞。若宋朝不夺取土地肥沃的河湟各州，则其地必被西夏所得，更将成为西夏侵攻陇蜀各州府的前进据点。所以，倒不如宋朝先出兵，迫使吐蕃各部归顺，再从侧翼包围西夏，将之一举灭国。宋神宗深以为然，遂令王韶出镇秦州，全权负责这场名为"熙河开边"的攻势。王韶只带数骑，拜访渭源的吐蕃首领俞龙珂，说服他率部属 12 万人投降，更陆续招诱吐蕃部民 20 余万，拓展国境 1200 余里。

公元 1072 年，王韶率军连续击败青唐军，降其部众二万人，夺取熙州，次年，宋军又攻占河州，挫败青唐军反攻，接着转战五十四日，跋涉一千八百里，连取洮州、岷州、宕州、叠州，杀敌数千人，缴获牛、羊、马数以万计，招降吐蕃部族三十余万帐。青唐政权在北宋接连不断地攻击下彻底灭亡，河湟地区被划入宋朝版图。

如今，古代王朝早已经彻底覆灭，湟水河谷曾经独一无二的地理优势也已经失去了地位。漫长的历史长河，会冲走曾经的一切记忆。很多人对于湟水河谷曾经的辉煌，更多的或许是未知和困惑。殊不知，曾经的湟水河谷作为战略要地，更是凭借一隅之地捍卫着关中平原的安全。曾经的破羌古城从建立开始，就一直扮演着至关重要的角色，在西部边地历史的发展中留下了深深的印记。

9

元朝覆灭后，洪武三年（1370 年），明朝占据河湟、河西地区，并建立统治秩序。如何控制河湟地区，关系到明朝西陲的安定与否。作为中原进入青藏腹地的必经门户的河湟地区，是明朝能否对整个甘青地区，乃至对西藏地区实行有效统治有着关键作用，为了加强西北的军事防务，达到"抗元保塞"的目的以及统一西北，加强对西藏的管理，明朝分别从军事、政治、经济等方面采取了不同的政策，加强了对河湟地区的统治。明代，在全国设置15个都指挥司，在边境海疆则增置行都指挥司，下设卫所。河湟地区"北拒蒙古，南捍诸番"具有重要的战略地位，洪武六年(1373年)改西宁州为西宁卫，卫下辖中、左、右、前、后5个千户所。洪武十一年（1378年），在碾伯置庄浪分卫，半年后改为碾伯卫，后废，移西宁卫右千户所于此，并由长兴侯耿秉文主持修筑碾伯城，开南门、东门和瓮城门三门。成化年间，更名为碾伯守御千户所，直隶于陕西行都司，辖地为今乐都、民和等地。在以西宁为中心的防卫体系中，乐都是其重要的组成部分。明王朝为了加强控制，在河湟地区实行"土汉参治"，据《明史》卷三三〇《西域传》载，"土官和汉官参治，会之世守"的政策，选派内地汉官前来与土官共同任职于卫所，一则利用其丰富的经验加强对地方的管理；二则也防止土官坐大成患。土官除了直接统治自己的属民与辖地外，作为地方官，也根据其职务的大小，协助汉官协调各土官之间的关系和管理不属土官之编户办理的地方事宜等。不论土、汉各官，均统辖于都司，听命于朝廷，土官在安抚各部、调解纠纷、平定叛乱、听从征调、抵御侵扰等方面发挥了汉官所难以发

挥的作用。土司制度是"封土司民"的政治制度，以本族豪
酋统治本民族，父子世袭，不编户籍，不给薪俸。西宁卫土
司明代有十五家。其中，乐都就有九家，世袭指挥同知三家：
李、祁、赵三姓；世袭指挥佥事六家。各土司有自己的辖区
和居民，土司不但拥有属民、兵力，有的还设有衙门，管理兵、
刑、钱、谷等各项事务。

　　明代对于藏传佛教的政策基本承袭元制，采取了"因其
俗尚，用僧俗化导为善"的策略，以求达到"安抚一方，共
尊中国"的目的，承认并发展了其政教合一的统治制度，但
是改变了过去独尊萨迦派的政策，实行"多封众建"，对藏
传佛教各派首领均予尊崇封号，对进贡番僧均予优厚赏赐，
允许修建寺院，并赐封土地，专敕护持，建立了一套僧官制
度。这些僧官不仅管辖寺院僧众，而且也管理寺院附近的部
落，其中规模最大者为洪武二十五年（1392 年）赐额的瞿
昙寺，明王朝在西宁设立僧纲司，管理宗教事务。瞿昙寺住
持三罗喇嘛为僧纲司首任都纲。明王朝先后有七个皇帝为瞿
昙寺颁布敕谕，并为该寺封授大国师、国师、都纲各一，颁
金、银、铜印和佛像、袈裟诸物多件，还赐予该寺大量田地、
园林、山场。瞿昙寺领有 13 个属寺，管辖四周大范围的藏
汉各族群众，瞿昙寺主紧紧依附于朝廷，集政教权力于一身，
成为当地的实际统治者。而明王朝也通过这种优容宗教的策
略，进一步加强了对青海的统治。

　　除了扶持佛教、实行政教合一统治制度外，明朝还进一

步发展和完善了茶马互市制度，利用经济手段加强了统治。

明政府继承唐宋以来与西北少数民族实行茶马互市的做法，实行茶叶专卖，与藏族和其他少数民族开展茶马贸易，并制定了更加完备的茶马交易和差发马匹制度，利用官方控制的特殊贸易形式，加强对少数民族经济的控制。

元明时期，青海地区的交通状况有了非常大的发展，建立了较为完备的驿传体系。驿道的畅通，既加强了中央与边地的密切联系，也为开展茶马贸易提供了交通上的保障。明代西宁到兰州之间西宁卫领有七处驿站，即在城驿（今西宁）、平戎驿（今平安区平安镇）、嘉顺驿（今乐都碾伯镇）、老鸦驿（今乐都老鸦）、冰沟驿（今乐都冰沟）、古鄯驿（今民和古鄯）和巴州驿（今民和巴州）。这 7 处驿站中设在乐都境内的就有 3 处，乐都在沟通青海与内地政治、经济往来中的重要性由此可见。

明清时期河湟地区在与内地的政治、经济交往中，朝贡和回赐制度也是非常重要的一环。由于瞿昙寺的存在，乐都在朝贡贸易中扮演了非常重要的角色。《明实录》中关于瞿昙寺朝贡的记载很多，可以说，茶马贸易与朝贡贸易是相关历史时期乐都境内各民族进行经济、文化交流的主要渠道。

明王朝对青海的统治秩序建立起来后，根据青海多民族杂居、经济文化比较落后的特点，采取了一系列因地制宜的政治措施，因此很快出现了政局稳定、边防巩固的局面，从宣德年间至正德初，青海境内未发生大的战事。

10

"西宁"地名源于北宋，北宋徽宗崇宁三年（1104 年）改鄯州为西宁州，意在希望西方安宁。"西宁"之名相沿至今已有 900 多年历史。随着社会经济不断发展，河湟地区的中心逐步由乐都西移到西宁。

1368 年，明朝在灭掉元朝之后，原来的统治者蒙古贵族退回旧地，仍保有一定的军事力量，不断南下骚扰掠夺，长期与明对峙。明代置边防重心于北方，设立"九边"以防蒙古，而西北边卫因其处于"南捍诸番，北拒蒙古"的特定地理位置，在军政建制上大都成为管军管民的军民卫所。明代的西宁系西北边卫中重要的一卫，从明代建制变革的变化，改元西宁州置西宁卫，即反映出这个特点。

西宁卫建置于洪武六年（1373 年）正月，宣德五年（1430 年）升为军民指挥使司，正式成为具有兼理地方民政职能的军政合一的机构。明代西宁卫军民兼治，下辖六个千户所，其中碾伯几经变迁后最终设置为西宁卫右千户所，标志着河湟流域的区域中心由乐都迁移到西宁。

自明武宗正德以后数十年间，先后有多股居住在土默特川的东蒙古部落成批迁徙到青海湖周围地区。此后，边陲不安，西宁不宁。明正德四年（1509 年），因内部矛盾，蒙古亦不剌、卜儿孩部率部西进，占据青海湖地区。之后，东蒙古首领俺答汗率丙兔、火落赤等部落先后入据，因他们中有的在内争中失败，为求生存空间，也有为寻求新的牧场，扩展领地，驻牧西海。他们不但抢掠原在此驻牧的藏族部落，使"诸藩逃亡，遂据有此地"，而且相互攻伐，西海多事，使青海湖地区陷入一片战火之中，并与明朝边卫数次发生军事冲突，导致边陲不宁。从1512年进攻西宁北川起，到1541年进攻碾伯，在长达30年的岁月里，西宁南、北、西三川战火不熄。明王朝驻西宁的总指挥、总兵等武官先后战死，一时间西海蒙古成为明代边防大患，西北防卫也成了明王朝的重中之重，加强西宁卫的防御措施就成了当务之急。为了加强西北边疆防务，明朝廷听从总制延绥、宁夏、甘肃三镇军务杨一清的建议，下令修筑边墙，构筑烽燧，"以备夷骑"。明代大兴土木，除在青海境内修筑边墙、闇门外，还大力修缮西宁、碾伯、镇海等城池，或新筑，或重修。其中修建长城就成为抵御西海蒙古、保境安民的首选手段，青海境内的明长城即是在此历史背景之下，在民族矛盾比较尖锐的历史时期产生的。

据《西宁志》《西宁府新志》记载，青海境内边墙与边壕的修建，始于明世宗嘉靖二十五年（1546年），由西宁兵备副使王继芳、周京等修筑，至明神宗万历二十四年（1596年），西宁兵备副使刘敏宽、副将达云、同知龙膺、通判高第进行了修缮和增筑，历时50年之久。嘉靖二十五年至隆庆六年为创建阶段，此阶段修筑的边墙与边壕，只是在西海蒙古进犯较为频繁的通道位置修筑，阻止西海蒙古的大规模入侵扰边，在西宁卫周边尚未形成完整的防御体系。据《西宁志》《西宁府新志》记载，这一时期修筑的城堑、边墙或边壕主要位于西宁以北今大通县境内西海蒙古出入的交通要道一带和乐都境内转化湾村壕堑一段至碾线沟壕堑共9段长城等。这些边墙及边壕均位于西宁卫北部，封锁了北川、沙塘川、乐都冰沟等地的主要隘口。隆庆六年至万历二年（1572—1574年），为大规模修筑阶段。青海境内长城主线，大多是在这一时期修筑，并已形成基本框架。长城主线东起乐都区，途经互助县、大通县，至湟中区止。其中乐都区境内的明长城，穿越乐都北部，涉及地点多，大多在碾伯、冰沟、土官沟范围之内。明万历二十四年（1596年）为完成阶段。明万历二十三年（1595年）明军先后在甘州甘浚山、西宁南川、西宁西川对蒙古实施了军事打击，明军均获全胜，史称"湟中三捷"，西海蒙古势衰。湟中区内从西石峡至娘娘山段长城的修筑年代未有明确记载，可能修筑于万历二十四年。这也是整个青海明长城主线中修筑最晚的一段，至此，西宁卫北部与西南部边墙在这里连成一片，青海的明代长城主线最终定型。

烽火台的分布，从布局特点分析来看，有的以线形分布，即由数座烽火台组成烽燧线，大致是按东西、南北走向分布，走向清晰；有的则呈点状分布。从走向及地理位置分析，这些烽燧线分布在以西宁为中心的东、南、西、北及东北方向，主要坐落于由西宁通往各方的交通古道上，其中又以湟水南北两岸交通道路上居多。其中，湟水南岸的烽燧线由西宁向东途经平安区、乐都区、民和县，西端起自平安区湟水南岸烽燧线上红庄烽火台，至乐都区与湟水南岸烽燧线西端深沟村烽火台相接。位于乐都区境内的湟水北岸烽燧西线从北向南依次由胜利村烽火台，墩湾村烽火台，白崖坪村烽火台，晁马家村1号烽火台、2号烽火台组成。此条烽燧线北起马营乡白崖子湾南下经白崖坪至老鸦城，基本沿乐都区境内的北路古道而行，北路出大沙沟，从马莲滩过大通河西上牛站大坡，经芦花寺、马营古城，南下白崖子岭至白崖子西上，经老鸦城至西宁。位于乐都境内的湟水北岸烽燧东线从东北向西南依次由转化湾村烽火台、那家庄烽火台、孟家湾村1号烽火台及孟家湾村2号烽火台、马厂岭烽火台、羊肠子沟烽火台组成。此条烽燧线东北始于青海与甘肃交界的定西关之西冰沟处，途经冰沟城南下羊肠子沟至老鸦城。此烽燧线沿乐都境内古道中路而行。

青海境内明代烽火台的功能与作用主要分为驿路烽燧和军事烽燧。西宁对外交通联络主要靠陆路，自汉代以来就设有驿站，历代相沿。明代西宁卫的交通状况已有较大改观，出现了纵横相连的多条邮驿线。明制，陆路设马驿，专为公差往来、递送使客、飞报军情服务。明代西宁卫下设有7马驿，洪武十四年（1381年），西宁卫始置在城、老鸦2驿，以官兵充驿卒。洪武十九年（1386年），又增置了平戎驿（今平安）、嘉顺驿（今乐都碾伯镇）、冰沟驿、巴州驿、古鄯驿。分布在湟水流域的乐都区湟水北岸的东西烽燧线及由平安经乐都抵民和达黄河北岸的湟水南岸烽燧线，均沿古道而行。这几条古道上有明代重要的驿站，其驿路都连接着通向远方的古道，把西宁与中原联结到一张巨大的交通网上。烽燧沿着古道及驿站布置修筑，其功能应属驿路烽燧，其作用显然是保护通信及商旅往来。为了防御驻牧于环青海湖地区的西海蒙古的侵扰，明朝采取了一系列的防御措施，明代西宁卫除了修筑长城外，在山口关隘或挑壕筑墙，或修设峡榨，以防"虏患"，要冲之处筑堡寨，驻兵防守，大修堡寨、烽燧、闇门、峡榨。万历元年，西宁卫属堡寨总数达240多处，其中乐都约有堡寨50处。根据功能，堡寨可分为四种类型：一是驻扎骑兵马营性质的堡，如联星堡、迭尔沟堡、孟家湾堡；二是建在重要通道的峡榨，如碾木沟堡、碾线沟堡、寺磨庄1号堡、寺磨庄2号堡；三是修建在交通要道中心区域的军堡，如碾伯古城、老鸦古城、城背后1号堡、城背后2号堡、那家庄堡、袁家庄堡；四是当地的土司驻地或衙门所在地，如脑庄堡、上衙门堡、祁家堡。堡寨作为长城防御体系中重要的组成部分，在管辖附近的长城和烽火台、执行长城沿线的军务防守任务及保境安民方面，起到了积极的作用。堡寨的修建须合乎兵书上规定的具有据险、瞭望、传递军情的地形要求，因此要择其地形，因地制宜而建。脑庄堡修建在水磨沟壕堑外侧（北侧）且远离本体，其东邻乐都境内北路古道，即从甘肃永登县向西南出大沙沟从马莲滩大通河西上牛站大坡，经芦花寺、马营古城，南下白崖子岭至白崖子西上。其南侧为地势开阔的下水磨沟沟谷沟口，此处地势平坦，为湟水谷地重要的战略要冲，故在此设下水磨沟峡榨，以加大此处的防御力量，同时还在此峡榨的北侧即长城的外侧修建了脑庄堡和寺磨庄1号堡，这两座堡均属长城外侧防御的设施。为方便传递信息、狙击来犯者，又在其东侧和东北侧修筑墩湾烽火台和胜利村烽火台，长城内侧修建了寺磨庄2号堡和店子村1号、2号烽火台和白崖坪烽火台，遇有敌情能遥相呼应，确保迅速、及时地传递军情。因此该堡的修建是以长城即水磨沟壕堑为核心，巧妙利用了当地地形，又充分考虑了自身防御，内外兼顾修建了一系列城堡及烽火台等，从而构成一套完整而又严密的军事防御体系。还有一些不成走向，独立扼守在峡榨及闇门附近的烽火台，均属军事烽燧。在乐都也有分布，如碾线岭烽火台，西南侧筑有碾线沟峡榨；扎门村烽火台筑于卯寨沟峡榨的西侧；仓岭沟村1号烽火台东侧有羊官沟峡榨、西部有土官沟峡榨，该烽火台即建于两处峡榨之中。由此可见，在以西宁为中心的防御体系建设中，乐都始终是重要的组成部分。

青海境内明长城主线，采取了传统的"因地形，用险制塞"的科学设防以及因地制宜、就地取材的科学方法，合理利用了各地段的地理条件，采用了不同建筑材料，修筑起结构形式不同的长城本体，形成了严密而又科学的军事防御体系，充分发挥出了长城的军事功能。"逢川筑墙、遇梁挑壕、依山斩墙、用险制塞"是这条长城主线的修筑特点。即遇川则筑土为墙，逢土山开壕堑墙，逢石山、河流则利用自然山体、河流作为防御屏障。

长城是中国古代文明的象征之一，如今提到长城，我们首先想到的是文化意义和旅行符号。而就长城本身来说，它不仅仅是一道蜿蜒近万里的城墙，而是以城墙为依托的规模巨大的军事工程体系，充分体现了古代劳动人民的智慧，历时数百年之后，留给我们的依然是壮观和震撼。

11

中国地理学家胡焕庸在 1935 年提出的划分我国人口密度的对比线——黑河—腾冲线——在人口地理学与人文地理学上具有重大意义。

这条人口分界线与气象上的降水线、地貌区域的分界线、文化的分界线均存在一定程度的重合。有人提出黑河—腾冲线是中国自然景观的一个分界线。由景观联系到历史文化，似乎又发现，在历史上这条线也是中央王朝直接影响力和势力范围的边界线，是汉民族和其他民族之间战争与和平的生命线。

而河湟谷地就处在黑河—腾冲线中心地带的西侧，是农业区向牧区的过渡地带，从河湟区域环境分析看，河湟地区处于一个非常重要的位置，河湟谷地北面是内蒙古草原，南面有阿尼玛卿山，西面是茫茫戈壁，只有东面与中原相连，成为汲取中原文明的窗口。河湟地势就青海高原来看属于较低地区，气候较西部温暖，温差也较西部小，草场茂密，宜于牧猎。湟水谷地和黄河沿岸降水较多，土地肥沃，宜于农业生产。在这种地理条件和生态环境下，河湟地区的早期文化在历史发展进程中逐渐形成了自己的特点，即游牧文化和农耕文化并存。同时，河湟谷地又处在中原通往中亚、经西藏到印度的通道上，因而中原文明、印度文明、阿拉伯文明在这里形成交汇，造就了黄河上游独具特色的河湟文化，是中国西部人文景观中最灿烂的地区之一。

在农业专家眼里，黑河—腾冲线是农业与牧业生产区的生态分界线。在环境专家眼里，黑河—腾冲线是干旱与湿润生态的分界线。从地形和气温看，西侧是低温高寒地区，东侧地形相对平缓且年均气温较高。从降水量看，黑河—腾冲线基本与400毫米等降水量线重合，这是半干旱区与半湿润区的分界线，也被视为中国生态环境的分界线。在诗人的眼里，它是边塞与田园风光的分界线，东边是"绿树村边合，青山郭外斜"西边是"大漠孤烟直，长河落日圆"，东边是"杏花春雨江南"，西边是"白马秋风塞上"。

因为河湟地区特殊的地理环境，在长期的历史发展过程中形成的河湟文化源远流长，具有鲜明的地域特征，集中表现在地域的独特性和文化的多元性、互融性。从历史发展的轨迹来看，河湟文化基本上在经历了从汉代到明清与其他民族文化的交融之后实现了总体整合与多元汇聚的发展趋向。
从西汉开始在湟水流域设立县级建制，随着第一批城镇的出
现，大量汉族人口迁入而传入的汉文化，对湟水流域政治、
经济、风俗乃至区域文化的形成都产生了巨大影响，其意义
远远超过了其作为军事堡垒和威慑力量的作用。所以，从西
汉湟水流域城镇形成开始，汉文化第一次作为系统的、完整
的中华民族的主导文化移入，成为河湟区域文化的基础。元
明时期，蒙古文化和伊斯兰文化的传入以及青海世居少数民
族的形成，使多元文化的汇聚更加深入。另外，再加上唐代
和明清时期城镇相对稳定的发展，在汉文化较大规模的冲击
下，逐渐形成了以汉文化为核心的多民族文化交融汇聚的河
湟区域文化。历代中央政权对河湟施加的政治影响，客观上
也促成了河湟区域文化与中原文化的趋向。

　　明清时期的相关史籍对于乐都碾伯的重要战略意义都有
概要描述。明代在此建立碾伯千户所以后，随即"悉署衙门，
广戍兵，增屯田，以为万世不拔之计"。因此，随着卫所制
度的建立，以卫所御城的修筑为中心，展开了大规模的筑城
建设，使其具备了较好的城防设施，最终确定了乐都碾伯作
为河湟地区中心城镇的历史地位。由于特殊的地理区位，历
史上乐都成为多种文化的交流汇聚之地，这片土地以宽厚的
胸襟包蕴了多种文化的交汇、嬗递和延续。元明清时期是乐
都民族分布格局基本定型的一个时期，也是乐都地方文化渐
趋稳定的时期。历代先民分别在川水、浅山和脑山三大不同

的自然环境中，各民族耕牧互补、行营货殖，各种文化得以赓续传承，在漫长的历史发展过程中，文化的遗迹遍布乐都的山山水水。在青海享有盛名的藏传佛教寺院瞿昙寺，随着其宗教地位和影响的提升和扩大，以其为中心形成了为数众多的子寺属院，分布在乐都境内的就有药草台寺、官沟坪寺、延福寺等数座。此外，乐都境内还建立了羊官寺、芦花寺、阿家寺、白化寺、甘沟寺、红卡寺等数十座藏传佛教寺院。同时，历史上乐都境内也曾建立过西来寺、石沟寺、宏济寺、鸣凤寺等汉传佛教寺院。在河湟地区藏传佛教占统治地位的区域，竟有如此之多的汉传佛教寺院，充分说明了这里兼容共处的文化特征。

明清以来，关帝庙已经成为中华传统文化的一个重要组成部分，与人们的生活息息相关。明代，大批汉族人口从内地迁居乐都，自然也把故土的关公崇拜带到了这里。据《乐都县志》记载，乐都的关帝庙建于明万历三十八年（1610年），初建成时，规模壮观。但留存今天的仅有立于庙前，号称"八卦绰楔"的牌坊。牌坊高15米，是用6根柱子支起来的7个角楼。柱根围以雕有各种花纹的方石，中间立有二扶柱，上以铁带勒缚，二柱中间悬匾，7个角楼相互连锁，拱成三层重楼，雕梁画栋，气势宏伟，结构玲珑，工艺精巧。顶部悬一幅楷书大匾"关帝庙"。1957年12月被确定为青海省第二批文物保护单位。历经岁月的洗礼，规模壮观的关帝庙虽然看不到了，但从这座仅存的牌坊上我们可以想象当时关帝庙的风采。

道教何时植根于此，目前已经难以考证，仅仅在《乐都县志》上有一句语焉不详的记载，说这里的道观始建于元末明初。县志上所提时间与汉族移民大规模迁入乐都的时间基本一致，可见道教应该是在明代以后开始成为当地百姓的一种信仰。乐都的道教庙观主要有乐都武当山、福神庙、昆仑道观和赐福宫等。这些寺院庙观有的留存至今，有的已消失于历史的硝烟与流光中，有的毁了再建几经变迁，它们的兴衰变化折射出历史长河中各种宗教文化在这块土地上传播发展的曲折过程。明清以来乐都异彩纷呈的儒释道多元文化反映了该区域在历史发展过程中多种文化交融发展的状况。

明朝历史上延续了50年的移民活动，也对河湟民俗文化的丰富与发展产生了较大影响，明朝统治者为了恢复生产，制定了移民垦荒为中心的振兴农业的措施，各种历史资料证实，明朝大移民最早开始于洪武三年，直至永乐十五年，在此期间移民十八次，主要是从山西和江浙一带往中原地区和边疆地区移民。明代人口大迁移主要是垦荒屯田，这对于促进农业的发展起了重要作用，而在卫所开展的军屯和民屯，也进一步加强了边防力量。同时也促进了民俗的丰富与发展，大量移民人口的到来，带来了新的民俗，移民民俗与当地居民的民俗在融合过程中重组，形成新的民俗。如流行于乐都碾伯镇七里店村的九曲黄河灯阵就是山西移民带来的，又如乐都高庙的社火传说是江苏移民带来的。

乐都多元文化的形态也是河湟文化的一个缩影。

<h2 style="text-align:center">12</h2>

湟水河不单单只是缔造了青海农业，更重要的是，它独特的地理位置使这片河谷地成为青海人口聚集最多的地方——这片只占青海全境 3.6% 的土地，养育着全省 60% 以上的人口，因而，这里也成为青海政治、文化的中心地带。

在地理特点上，整个湟水流域中，湟水只有在西宁和乐都穿城而过，也只有西宁和乐都是三河交汇之地。历史上青海建立有三个少数民族地方政权，其中两个分别定都在乐都和西宁。

从赵充国上奏屯田设置破羌县，河西鲜卑建国南凉，唐朝设立陇右道，北宋王韶《平戎策》提出"欲取西夏，当先复河湟"，再到明朝将河湟地区再度上升为国家战略，湟水谷地在不同的历史时期都扮演着重要的角色。

在经历了数十年的时光后，我再一次注视这条河流，突然发现，流水的光芒闪烁着朴素静逸的往事，就像是承载了许多美好，感觉到交错的时光，它们散发着历史感，就像是等待你去开启的一本故事书。一个个历史事件，一个个历史人物，就能串起一座城市的脉络。古城的残垣断壁，甚至古道的一些名称，都留着人类的记忆。在它的深处，在那些厚重的沙砾之下，暗藏着岁月的声音，暗藏着历史的光辉。

在中年之后，我终于真正地了解了这片土地的深厚，站在命运的隘口，与历史对话。时间虽然自顾自地不断流逝，但只要我们静下心来，认真寻找，总会找到它曾经留下的痕迹，它曾忠实地陪伴过不同时期的先民们一段美好或艰辛的岁月。对我也一样，时间就像是同行的旅者，结伴一起历经生活的琐碎平凡，偶尔回首处，我们看到的往事，其实就是留在时光中的一些痕迹。而今天，我似乎看到了古人留在更久远时光中的印痕，使我在很多景色早已更替的历史中，依然看到了曾经的金戈铁马，风云变幻。在逐渐淡漠的记忆中，看到了前所未有的深刻。

我想起《海上钢琴师》中的"1900"，他说："键盘有始有终，我确切知道88个键就在那儿，错不了。它并不是无限的，而音乐，才是无限的。你能在键盘上表现的音乐是无限的，我喜欢这样，我能轻松应对，而你现在让我走过跳板，走到城市里去，等着我的是一个没有尽头的键盘。""1900"一出生就被遗弃在船上，他在船上生活成长，从没下过船，却阅人无数，他具有敏锐的目光，可洞察人生百态，他的音乐也是信手拈来，无据可循。当他开始演奏，他就开始神游，思接千载，视通万里。这个只为钢琴而生的人，他将一生所有的光芒洒在这艘船上，他对这艘船的爱恋，可能类似于我们对于故土的眷恋。生于斯，长于斯，故土赐予我们生命以及生命里的一切，这艘船同样赋予他人生的全部价值和情感。对于"1900"，一个孤儿，他的全部的世界就是这艘船，他的全部的快乐悲伤梦幻激情都在这里。诗人赫尔曼·黑塞说："对每个人而言，真正的职责只有一个：找到自我，然后在心中坚守一生，全心全意，永不停息。"

人类常常不自觉地陷入盲视与盲目之中，我们早已习惯了把目光伸向远方，也许我们对远在千里之外的某个地方的了解远远超过了我们脚下的土地。也许只有当我们回头一望的时候，我们才会注意到一直伴随着我们日趋平淡的生活，不离左右的时间，我们总是随波逐流，总是随着时间的流逝被动地生活着，而且在日复一日的惯性推动下，不断麻木、迟钝，而自己对此浑然不觉。我们总是张望着远方，而对居住生活的地域实际上缺乏一种必要的了解。我们总是计较着点滴的得失，总是想不清楚生活的真谛。这主要的原因是因为我们不了解这块土地的历史，所以缺失了一种来自地域的自信和自豪，在盲目地羡慕别处的焦虑中失去了生活的快乐。

只有深刻地了解了一个地方的历史，只有深刻地感受到了发展过程中沉淀的厚重，我们今天的生活才会有总结过去迈向未来的决心，才会不断明确追求的目标，增强我们奋斗的动力。

了解历史是为了更好地把握未来，而有时怀旧就是为了更好地认识自己，更好地用阅历和理性审视我们的生活。

回望过去，让自己站在一个更为广阔的视角，发现那些弥足珍贵的遗存，使我们敏锐地发现喧嚣生活中拥有的一隅美好，努力做个可爱的人。

当我们终于看清了、了解了、感受到了什么的时候，我们应当感激，应当自豪，应当荣幸。因为当我们在了解了一个地方辉煌与苦难的历史过程后，一种特别的心路历程使我们对脚下的这片土地心生感激，我们卑微的生活也因为倾注了感情而对这片土地油然而生感恩的同时，也更加热爱这方养育了我们的土地。

站在纵观历史的高处，犹如站在审视生命的隘口，仿佛安静地坐在午后阳光照射的窗前，平和而随意地回忆起点点滴滴的往事，正是这些构成了生命的美好和期许。也深切地感受到自己是幸运的，在感知了世界第三极独特的地理之奇美，在了解了河湟地区历史发展之过程后，更加懂得珍惜和把握当下的生活。

13

乐都曾是中国西部历史发展中的军事重镇和政治经济文化的中心，也是一座古老的历史文化名城，各个民族在这里交流融合，多种文化在这里相生相长，形成独具特色的地域文化。被称为"人类彩陶文化史最后辉煌"的柳湾彩陶、被称为"高原小故宫"的明朝皇家寺院瞿昙寺；闻名省内外的七里店九曲黄河灯阵、高庙社火；屹立在城区街道边的关羽牌坊；还有那残存的古城墙……无处不在诉说着这座城市的悠久历史。让生命遁入时光隧道，于安谧恬静中触摸汉风唐雨千年之后留给这座小城盘根错节的血脉经络。

对一座城市而言，文化既是一个城市独一无二的印记，更是一个城市的灵魂。很久以来，我一直在想，最能体现城市文化传承和创意的应该是城市的文化地标，它们展示着一个城市的历史和风貌，凝聚着一个城市的品格和精神，不断复制和传递这座城市的文化。那么，乐都的文化地标究竟是什么？

漫步一座城市，如果能快速地发现和体验蕴含其中的那份美好和愉悦，细细品味还可读出这座城市深邃厚重、独特的灵魂和精神，并引发你的思考，我想，你就走进了一座有深厚内涵的城市。乐都就是这样的一座城市，柳湾彩陶、瞿昙寺、七里店的九曲黄河灯阵、高庙社火、南山射箭、北山跑马……这些从幽深的时光里流淌下来的文化沉淀，形成了富有河湟地域特色的乐都文化印记，经过历史检验和广泛传扬，为这个城市带来自豪和荣光。文化名片是城市文化精神的象征，是城市灵魂的外化物和可视符号。一个城市的文化地标需要经过历史的积累自然形成。一座城因一段故事而动人，乐都，这座经历了千年风雨的古城，因为它的地理位置和文化形态，总是让我们产生无尽的怀想。一个人也只有挚爱这一片土地时，才会如此深情地记录下这片土地的每一个细节。

当我直接用手抚摸着时间的幽深时，我最惊喜的不是发现了湟水河谷串珠状的地貌及特殊的地理位置在历史的长河中曾经拥有的荣光，而是在这种特殊的地理环境中经过几千年的历史积淀而发展形成的丰富厚重的河湟文化。

对乐都历史的了解，对乐都文化的理解，使我精神上经历了一次成长，灵魂经历了一次洗礼。

我在湟水河畔的南凉古城焕发新颜的一栋高层建筑里安静地坐下来，在万家灯火次第熄灭的静寂里，一边思考一边写作时，突然发现星空下的夜晚实在是太美好了。

站在新时代，我们要更加全面继承和维护好这座历史文化名城的文化，精心地滋养和丰富它，通过保护和利用好文化遗产，通过建筑、街道、山川、河流、雕塑等有形元素的展现，让独特的乐都文化地标在历史长河中闪耀人文之光。

蚂蚁山只是一座低矮的小山，今天却建成了一座美丽的公园，站在它的制高点俯视这座现代化的新城，使我在重新认识中走进了遥远的时光，同时看清了历史和现实，时空交错，我在凝望时光的方向中，看见了那千年间从未停息的奔流。一种莫名的感动，使我一次次在隐蔽和敞开、黯淡和澄明、辽远和封闭、孤独和广阔永远以更高的对立统一中，感到一种声音深深地召唤着我的灵魂回家。我不再是放逐远方的遐想者，我就是这片土地的一粒种子，在不断深入这片土地的温情时，心底升起深刻的感恩。我知道，当一个渺小而卑微的生命与高地的星空融在一起时，他已经完成了一次灵魂的嬗变。

南凉　湮灭在历史尘烟中的王者之城

1

也许，有些事情只有在我们蓦然回首的刹那，才能看清楚它本来的面貌。正如有些地方，当我们置身其中时并没有真正了解，而有那么一天，当我们远远地离开了，突然一种念头在心间升起，令我们不由自主回头张望时，才会发现它的深刻和岁月深处曾经拥有的荣光。许久以来，我们并不知晓它的另一面，但总会有一种机缘，在一个我们预想不到的时刻，使我们对司空见惯或久已忽视的事物有了一种全新的认识。眼下，正是如此，当我在离开了自己生活工作了半个世纪之久的家乡，行走在古城西宁焕发新颜的市区街道时，不经意地想起一个湟水岸畔的小城乐都，我不由得慢下了脚步，因为我走到了虎台遗址公园的门口。记得 20 世纪 80

年代末，我在省教育学院读书时，经常会爬到虎台上面，那时对它的了解甚少，只听说是古代一个小国家的点将台，是以太子的名字来命名的。多年后的今天，当我再一次走进这里，看到眼前的土丘依然像当初一样沉默，而秃发乌孤、秃发利鹿孤、秃发傉檀三兄弟的塑像却显得勇武威猛。虽然遗址公园的建设与现代化的城市风貌相宜，但被称为虎台的土丘却像一个展览了千年的标本，记载着一段鲜活的历史，叙说着青藏高原历史上一个小王国的兴盛传说。

沿着历史的遗迹，我走进了公元 4 世纪末至 5 世纪初在湟水河谷群雄争霸的岁月，走进了一个民族从塞外千里跋涉迁徙到河湟地区建立自己家园的过程。

魏晋南北朝时期是中国历史上政权更迭最频繁的时期，同时这一时期也是中华民族大融合的过程。在这个过程中，更值得关注的是一种文化的交融。

西晋八王之乱以后，北方游牧民族南下，纷纷建立割据政权，中原地区陷入分裂状态，直到北魏统一北方，长达130 多年，历史上称为十六国时期。这一时期表面上看来，似乎是一个大分裂大动乱时期，其实深入探究起来，应该说是由分裂走向统一的时期。魏晋南北朝时期是我国古代史上规模最大的一次民族融合，不同民族之间在民族迁徙、杂居相处、长期交往、矛盾斗争的过程中，不同生产方式、风俗习惯、文化心理特征等相互影响和渗透，使民族大融合进程进一步加快。各民族在融合中求同存异，为大一统帝国的重建奠定了基础。魏晋南北朝史学家何兹全说："西晋末年，随着士族上层的渡江南下，装在他们头脑里的玄学也被带过江去，原先影响甚微的经学士族留在北方，他们保持着汉朝经学重礼仪的传统。而胡族政权武力占据北方，要立国中原，必须熟悉儒学传统，崇尚中原文化，以汉法治汉人。胡族君主与汉人士族在这种背景下，进行了卓有成效的合作，儒学显示了强大的生命力与同化作用。"对此，我常常不自觉地陷入一种怀想，在当时连绵不断的战事中，那传来的阵阵读书声，就像是寒冬尽头冒出的一丛绿色，一束花蕾，吸引着我的想象走向更为遥远的时光。

2

魏晋南北朝时期，在北方，鲜卑、匈奴、羯、氐、羌等少数民族先后建立了20多个政权，最主要的有十六国。其中先后统治青海或在青海展开角逐的政权有前凉、前秦、后凉、后秦、南凉、西秦、北凉以及吐谷浑等。而当时五凉之一的南凉在乐都立国，虽然时间不长，但为乐都的历史留下了辉煌的一页。

鲜卑、匈奴、羯、氐、羌等民族与汉族融合的过程，是一个相互学习的过程。游牧民族南下入据汉族农耕文明区，逐渐改革了原有的生产方式与生活习惯，同时也把他们的文化与风俗带到了中原，后来，这也成了汉族文化、生产中的重要组成部分。民族融合是一个十分复杂的过程，文化的作用和影响，也并非都是单向进行的，就如鲜卑文化对于汉文化的反向输出。鲜卑建立的政权，对汉民族的文化影响是深刻的，鲜卑政权的建立促进了鲜卑文化的传播，在鲜卑文化与汉文化的冲突过程中，汉文化逐渐容纳并接受鲜卑文化，使得当时的民族观念出现了一定变化，促进了各民族偏见和隔阂的消除。

关于鲜卑族，《后汉书·乌桓鲜卑传》中说："鲜卑者，亦东胡之支也。别依鲜卑山，故因号焉。"秦汉时鲜卑族居于今内蒙古东北额尔古纳河以南辽宁西喇木伦河以北的广大地区，臣服于匈奴，以游牧为生。东汉永元三年（91年），北匈奴为东汉耿夔击败西迁后，鲜卑占据了漠北广大地区，未能迁走的10余万匈奴皆为鲜卑吸收。从此，鲜卑成为继匈奴之后的一个北方强大民族。魏晋时，鲜卑分裂为若干个部，东部主要是宇文部和慕容部，西部主要是拓跋部、秃发部和乞伏部等。秃发部是从拓跋部中分出来的一支，是拓跋鲜卑圣武帝诘汾长子匹孤的后裔。据史籍记载，匹孤一支最初驻牧在今内蒙古额济纳旗至宁夏北部一带。从曹魏甘露元年（256年）到景元四年（263年），被镇西将军、都督陇右诸军事邓艾迁至河西走廊东部及湟水流域，与当地汉、羌各族杂居，逐渐形成以秃发鲜卑为主，吸收匈奴、羌、汉以及其他鲜卑分支如居住在青海湖西北沿岸的乙弗部、居住在青海湖东部的契翰部、居住在大通河下游一带的折掘部、居住在今甘肃永登地界的意云部形成"羌胡"联合体。为了区别陇西及青海境内另外一些鲜卑部落如乞伏氏、匹兰氏、吐谷浑氏等，故称之为"河西鲜卑"。

秃发部自匹孤西迁后，经过近一个半世纪的发展，逐渐成为河西一支强大的部落。同时由于长期与河西其他少数民族通婚，不断吸收新鲜血液，反映出秃发氏与羌族及其他鲜卑部落在血缘结合上日益密切的关系。这种密切的联合关系为秃发乌孤建立南凉政权奠定了基础。

《资治通鉴》卷108记载："乌孤雄勇有大志"，继位初曾与大将纷陁谋取凉州。"纷陁曰：'公必欲得凉州，宜先务农讲武，礼俊贤，修政刑，然后可也'，乌孤从之。"乌孤于是礼贤下士，修明政刑，循结邻好，不事争战，建立良好的内部和外部环境，以发展经济，增强实力。他还接受石真若留的建议，采取坐以观变、"俟衅而动"的策略，表面上臣服吕光，接受后凉封号，暗地里拼命发展自己的势力。这样，十数年间，秃发部在后凉东南的广武，今甘肃永登东一带强盛起来。但广武地域狭小，又处于姑臧、金城之间，常受到后凉、西秦两大割据势力的威胁，秃发氏在这里要想得到更大的发展是不可能的。于是，在东晋太元十五年（390年），乌孤率众南下，进入湟水流域。次年，乌孤先后征服了曾一度叛离的乙弗部和折掘部，从而在湟水流域立住了脚跟。同年，令部将石亦干在今民和县史纳古城筑廉川堡，作为秃发氏在大通河、湟水流域的政治统治中心。廉川堡东凭黄河，西依西平，南达浇河，北窥姑臧，进可攻，退可守。廉川与广武相邻，北有廉川大山，南有滔滔湟水，左有浩门河天堑，右有绥远关之险，地势险要，易守难攻，可作为阻守后凉、西秦的理想之地。可以想象当年秃发乌孤登临廉川大山，遥想先祖树机能曾经据有凉州，河西各部都归顺于秃发部的辉煌历史，俯视湟水广阔山川，眼前的一切让他感慨万状，带领秃发部走向强盛的愿望已成为明确的目标。从此，秃发氏以廉川堡为根据地，开始了新的发展时期。不久，秃发乌孤又相继征服了曾一度叛离的河南部、意云部等河西鲜卑旧部，逐渐形成了和后凉分庭抗礼的形势。

在秃发氏顺利发展的同时，后凉吕氏政权由于其统治的残暴，内部各种矛盾日益激化而日趋衰败。后吕光讨伐西秦大败于金城，退兵姑臧。隆安元年（397年），秃发乌孤乘机在廉川堡自称大都督、大将军、大单于、西平王，建年号"太初"。以弟秃发利鹿孤为骠骑将军，秃发傉檀为车骑将军，大赦境内，正式建立了秃发氏政权。

乌孤称王后，即乘后凉刚刚夺取西秦控制的金城立脚未稳的状况，一举攻夺金城，袭取了允吾以西的地区。吕光派遣将军窦苟讨伐乌孤，双方大战于街亭（约在今甘肃天祝县境），窦苟大败而还，乌孤控制了广武地区。这时，河西的形势又发生了变化。同年五月，居张掖的卢水胡沮渠蒙逊拥段业建立了北凉政权。次年，李暠又在敦煌建立西凉。这无疑是对后凉的沉重打击，有效地牵制了后凉的力量，对南凉创造了十分有利的发展机遇。东晋隆安二年（398 年），后凉发生杨轨、郭黁（nún）之乱，乌孤先是遣弟傉檀进兵姑臧西苑，支持杨轨。杨轨失败后，乌孤又乘后凉无力远顾之机，进一步在青海东部地区扫除后凉势力，将后凉岭南五郡之地据为己有。

占据岭南五郡之地后，乌孤又以夺取姑臧，取代后凉为目标。东晋隆安三年（399 年）正月，乌孤迁都至乐都，专力经营河湟地区，作为立国之本。乌孤迁都乐都，是面对后凉势力的威胁作出的正确选择。因为当时东、西、南三面的湟河郡、西平郡、浇河郡都在南凉控制之下，以乐都为都，则后方巩固，而且具有出产丰富、形势险固的优势。

乌孤在极力开疆拓土的同时，也充分利用自己的政治影响，广泛招揽各方人才，以加强自己的统治基础。由于秃发乌孤率先举起反抗吕氏统治的旗帜，所以他在河西地区有很大的号召力。当时很多不满吕氏暴政的河西士人，都纷纷投向南凉。乌孤充分利用了这一条件，立国之后，就广开门路，量才录用各族豪门及俊杰之士，使南凉政权逐渐完善和巩固起来。乌孤模仿汉制，内设台省，外置郡县，组成了以秃发氏为核心，以河西士人为骨干的南凉统治集团。他除以自己的兄弟、叔伯领军镇守各郡以外，还把一些知名人物安排到适当的位置。河西地区经两汉至魏晋，逐渐形成了一批名门大姓，从前凉时起，河西大姓已成为左右时局的强大力量，河西政局常常随着这股力量的向背而发生变化。乌孤看到了这一点，并注意利用了这股力量，因此，使南凉政权在错综复杂的矛盾斗争中占据了主动，在河西混战初期处于优势地位。大量吸收河陇地区的汉族优秀人才参与政权，是南凉政治制度的明显特点之一。在南凉立国的 18 年中，明确记载了两批汉族人士加入了南凉政权。一次就是在秃发乌孤时期，而另一次则是后来的秃发傉檀时期。

正当南凉国势迅速发展之际，乌孤因酒后坠马伤肋而死。他在位三年，临死前，乌孤考虑到世子羌奴年幼，难当重任，留下了"方难未静，宜立长君"的遗言。因此，他死后，大家推他的弟弟利鹿孤继位。秃发乌孤是鲜卑秃发氏历史上一位重要的人物，也是南凉历史上一位很有作为的君主。他继任首领后，务农积谷，秣马厉兵，扩充地盘，推动秃发氏由部落联盟进而建立起封建性质的南凉王国，从而在社会发展水平上大大超越了其他河西鲜卑。这无论对秃发氏的振兴还是对地方经济的开发都是有贡献的。

秃发乌孤虽然去世了，但他给南凉的进一步发展打下了坚实的基础。首先，秃发乌孤网罗了一大批汉族和少数民族的优秀人士，通过对他们的量才使用，巩固了南凉政权。其次，秃发乌孤在不断扩大领土的同时制定了切实可行的国策方针，给南凉指明了发展方向。

3

当时在凉州地区，除了南凉政权外，同时还存在的割据政权有三个：后凉、北凉和西秦。其中后凉处于南凉的北方，北凉处于南凉的西方，西秦则位于南凉的东方，对南凉形成了半包围的形势。南凉想要称霸凉州，就一定要消灭上述三个政权。所以，秃发乌孤在夺取岭南、迁都乐都后，就与手下大臣们商讨如何消灭这三个国家的问题，而汉族人士杨统给秃发乌孤提出了解决这个问题的建议。杨统首先向秃发乌孤分析了三个邻国的现状。他认为西秦的创建者乞伏鲜卑原先就臣服于秃发鲜卑，因此只要南凉消灭了其他两国，西秦就一定会像以前那样，向南凉俯首称臣。北凉离南凉最远，出兵攻打北凉路途遥远，粮草运输困难。后凉的吕光已经衰老，他的继承人吕绍懦弱无能，所以只要南凉集中力量攻打后凉，就一定能够获得胜利。

秃发利鹿孤继位后，迁都西平。除了西平曾是利鹿孤镇守的旧地这个因素外，更主要的是当时河西形势已发生了很大变化。后凉日渐衰败，对乐都的威胁已基本解除。同时，西秦残破，且一度投靠南凉。而这时的北凉已成为一支取代后凉地位的势力，待沮渠蒙逊取代段业自立时，北凉已由过去的盟友变成劲敌。西平地居湟水与北川河、南川河两河交汇之处，东凭湟峡（即小峡、大峡），西望金山，南依积石，北控祁连，近窥西海，远通西域，自西汉以来即为西部政治军事重镇。由张掖南北峡谷南侵,西平就首当其冲。利鹿孤把都城从乐都迁到西平,其主要目的在于防范北凉的威胁。同时,还可进一步开发经营湟水上游地区,以固根本。

南凉建和元年,整个河陇形势又发生了有利于利鹿孤的变化。公元 384 年,氐族姚氏建后秦,两年后定都长安。其后一直与占据陇东的前秦苻登争战,于 394 年灭亡苻登后,后秦的势力开始伸入陇右、河西,而首当其冲的就是乞伏鲜卑在陇西建立的西秦。西秦在后秦的攻击中灭亡,后秦势力的西进,对南凉也是一种潜在的威胁,故南凉遣使后秦,表示臣服。在这种新的形势下,南凉的对外、对内政策也发生了一些变化。对于西进的后秦,南凉因其强盛,又远在关中,故表面臣服,企图借助其力,攻灭后凉,夺取姑臧。南凉总的目标是占领姑臧,夺取河西之地,利鹿孤对外政策也始终服从于这一总目标。

在内政方面,利鹿孤也做了一些新的改革。利鹿孤迁都西平后,问计于群臣,祠部郎中史暠说:"古人打仗讲究,全军为上,破国次之,最好是不战而屈人之兵。我们现在不是安抚百姓,而是整天掳掠,所以经常有叛乱,每天都在打胜仗,为什么国土没有扩展?现在提拔官员,首先考验马弓,认为文章无用,所以百姓不能诚心归附!孔子说:'不学礼,无以立!所以建议建立学校,选德才兼备的人来教授子弟,把我们的国家变成礼仪之邦,所谓文才武略,不愁不能平定天下!"史暠的建议切中时弊,利鹿孤采纳史暠的建议,开始他的新政。对汉族人劝课农桑，让鲜卑人操练弓马。利鹿孤还正式设立国子监，让西平硕儒田玄冲和秦陇士人赵诞做博士祭酒，开馆延士，举办儒学。让秃发部贵族子弟入国子监，利鹿孤把国子监当成一个跟河西鲜卑八部交流的处所，让鲜卑八部的酋长派自己子女来学习。同时利鹿孤迁徙大批汉族人口到河湟从事农业生产，并设立学校，选拔人才，开科取士。不仅如此，利鹿孤还听从史暠的建言，力图改变过去那种只知攻城掠户，不知抚绥百姓的做法，大力吸收汉族文化，改变王廷形象，使南凉不仅兵强国富，还实行惠民仁政，获得了广大民众的支持。在对外策略上，他将攻取整个河西作为战略目标。一时，大批豪族士族和俊杰之士加入了南凉政权，汉文化及其政治制度逐渐占了主导地位，大大加速了南凉政权汉化和封建化的进程。

东晋元兴元年（402 年）三月，利鹿孤病重而逝，传位于傉檀继位。利鹿孤在位三年，正是南凉处于混战之时，东西皆临强敌，但内部政局比较稳定，国势始终显示兴盛景象。

秃发利鹿孤在南凉历史上是一位过渡性的君王。他继承了秃发乌孤的遗志，依据秃发乌孤生前制定的国策，使南凉继续保持稳定兴旺的发展势头。同时，他针对自己继位后周围各国的情况变化，逐步改革南凉对内、对外的政策，使南凉在不同情况下向着正确的方向前进。他采用了对汉族和少数民族分治的方法，并大力吸收汉族文化，使鲜卑族进一步强盛起来。最后，他多次派兵出击，经过三年的不懈努力，基本上完成了对后凉姑臧的包围，对南凉将来称霸凉州起到了决定性的作用。

4

南凉建和三年（402年）三月，秃发傉檀继位。傉檀继位后，马上把之前"河西王"的称号改成"凉王"，还都城于乐都，一直扩军备战，希望找机会夺取姑臧。历史上称秃发鲜卑部建立的政权为"南凉"就是由此而来。

公元404年二月，傉檀为了讨好后秦，以密图姑臧，乃去年号，罢尚书丞郎官，遣参军关尚聘于后秦。两年后，后秦因连年征战，势力渐衰，傉檀则加紧密图姑臧。在傉檀的多方努力下，使姚兴错以为傉檀忠于自己，遂封之为"使持节、都督河右诸军事、车骑大将军、领护匈奴中郎将、凉州刺史，常侍、公如故，镇姑臧"。即是说，后秦将凉州五郡之地付与南凉傉檀。从表面上看，傉檀自弘昌二年去年号，臣属于后秦，似乎南凉政权已不复存在，但事实上，他借着归降后秦的名义保存了自己的实力，又通过效忠姚兴的借口扩大了自己的势力范围，获得了很大的发展。最后抓住了千载难逢的机会，兵不血刃地占领了姑臧，得到了凉州五郡之地，使南凉成为河西地区一时的霸主。

公元406年，秃发傉檀得到姑臧后，进一步谋划达到据有河陇、扩张势力的目的。为此，他先后采取了一系列措施，其中结好西凉以对付北凉就是措施之一。407 年，傉檀又遣使煽动已被后秦封为建武将军、行西夷校尉的原西秦乞伏炽磐叛后秦，但炽磐斩杀傉檀派去的使者送往长安。这样，傉檀不仅没有达到目的，反而引起后秦的不满，树敌更多。八月，南凉开始集中力量进攻北凉。秃发傉檀首先袭击了北凉的西平和湟河地区，大获全胜，将这两个地区三万多户羌人迁移到武兴、武威等地，补充南凉在战争中减少的人口。针对这次攻击，北凉的沮渠蒙逊没有发动大规模的反击。沮渠蒙逊知道，这只是大战前的序幕，胜败无关紧要，直觉告诉他两国的主力会战就要开始了。

秃发傉檀回到姑臧后，开始将南凉在各地的军队召集起来，前后共集合了五万多军队，率军进入了西陕（今甘肃山丹西），开始进攻北凉。沮渠蒙逊率军迎战，两国之间的主力会战——均石（在今甘肃张掖东）之战终于爆发了。

关于均石之战历史记录并不多，只是记载傉檀大败。沮渠蒙逊乘着均石之战获胜的大好势头，主动进攻南凉驻守于日勒的西郡太守杨统。

秃发傉檀见沮渠蒙逊反客为主，意识到如果让这种事态继续发展下去的话，会产生难以估量的影响和损失，所以不顾战败的疲劳与失落，率军去救援杨统。结果却事与愿违，沮渠蒙逊最终攻占了日勒。

傉檀迁都姑臧后采取的一系列措施,总体来看弊多利少。与远在敦煌立国的西凉结好，对北凉影响不大，基本上没有发挥作用，而过早地同后秦决裂及进攻北凉更是得不偿失。

公元 407 年 10 月，据有今陕北、宁夏的铁弗匈奴赫连勃勃兴起，袭杀后秦高平公没奕于，在高平（今宁夏固原）自称大夏天王，建立了夏国。赫连勃勃派使者来到南凉，请求和南凉结为姻亲。这对于秃发傉檀来说是一个千载难逢的好机会。如果南凉和夏成为联盟，那么就可以通过赫连勃勃来牵制后秦（事实上赫连勃勃一生都在与后秦作战），秃发傉檀可以不用担心来自东面的威胁，集中精力对付西面的北凉。而对于赫连勃勃来说，南凉作为当时凉州地区最强大的国家，与它结盟就可以从两个方向同时进攻后秦，使姚兴疲于奔命。所以无论从哪个方面来讲，两国联盟都是双赢的。

秃发傉檀最后拒绝了赫连勃勃的联姻建议，可以说这个决定是他一生作出的最失策的一个决定。秃发傉檀没能看到大夏骑兵的真正威力，更没有看清赫连勃勃的真正实力。赫连勃勃得知了秃发乌傉檀的态度后勃然大怒，十一月，勃勃即率大夏的二万铁骑向南凉发动进攻，至南凉广武郡的支阳（今甘肃永登南），杀伤南凉军队一万多人。同时，又将这一地区的二万七千多人口，数十万头牛羊马掠夺而还。傉檀率大军追击。勃勃设伏逆击，大败傉檀，追奔八十余里，南凉大军几乎被全部歼灭。傉檀手下的大将也死伤十几个，傉檀只和少数几个人逃到支阳南山，还差点被大夏的军队俘获。后来傉檀大败于阳武峡，阳武之败是南凉在遭到均石之败后的又一次重创。南凉在连续遭受打击后，势力已经开始逐渐

衰弱了。秃发傉檀逃回姑臧后，为了防止北凉和大夏的再次
入侵，采取了坚壁清野的办法，将姑臧城周围三百里以内的
所有百姓全部搬进城内。但是，这种强迫式的搬迁引发了百
姓的不满和怨恨。还没等外敌来到，姑臧城里先爆发了叛乱。

秃发傉檀强逼百姓迁徙到姑臧城里的做法首先引起了屠
各族人成七儿等人的不满。他们利用这次迁徙所引发的百姓
积怨，聚集几百人率先打出了反叛秃发傉檀的旗号。虽然这
次反叛很快被平定了，但军事上的接连失败引起了南凉部分
大臣的不满，以辅国司马边宪、军谘祭酒梁衷为首的几个人
密谋发动叛乱，企图杀死秃发傉檀。最后由于泄密，参与叛
乱的人全部被秃发傉檀处死，这就是南凉历史上的"边梁之
乱"。

"边梁之乱"表明在南凉国内，不仅普通百姓对统治者
不满，就连一部分官员也不再像以前那样支持秃发傉檀了。

南凉经阳武之败，再加上内部发生的叛乱，内外受困，
势力渐衰。这正如元代胡三省所说："自是之后，秃发氏之
势日以衰矣。"因此，407 年十一月是南凉由盛转衰的转折点。

5

面对南凉的内乱，之前的敌人北凉和大夏都没有采取任
何行动，倒是南凉曾经的"主人"——后秦与之发生了一系
列战争，在这种严峻的形势下，秃发傉檀再一次展示了优秀

的军事指挥能力，在南凉军队连续遭到重创的情况下打败了后秦，迫使后秦和谈退兵。而后秦在攻打南凉失败的同时另外一支大军在和赫连勃勃交战时几乎全军覆没。经过这次战役，后秦原先的岭北地区全部被大夏夺走。后秦对于自身的关中地区已经有些自顾不暇，对于更远的河陇地区基本上丧失了影响力，没有能力再进行远征了。

秃发傉檀虽然打败了后秦，但南凉的损失也是很大的，由于此战中用牛羊牲畜做诱饵，因此姑臧城附近地区百姓的贮备已空。如果秃发傉檀能够借这次胜利为契机励精图治，南凉的局面还可以大为改观。可惜的是秃发傉檀和手下的大臣都没有看到潜藏的危机，在他们看来，后秦撤军后已经度过了危机，南凉仍然是凉州地区最强大的国家。于是，在公元408年十一月，秃发傉檀重新称凉王，改元嘉平，大赦天下。

秃发傉檀"立夫人折掘氏为王后，世子武台为太子、录尚书事，左长史赵晁、右长史郭辛为尚书左右仆射，镇北俱延为太尉，镇军敬归为司隶校尉，自余封署各有差"。

从表面上看，秃发傉檀重新称王非常强大，实际上南凉再次称王建号等于是四面树敌，成为四周邻国攻击的目标。

秃发傉檀在击败后秦、重新称王后野心大增，他不顾国力衰退的经济形势，不是与民休养生息、养精蓄锐，而是重新挑起与邻国的战争。从嘉平二年（409年）年底开始，秃发傉檀连续发动了三次攻击北凉的战争，都被北凉打得大败而归，特别是在昌松郡西的穷泉展开的激战，秃发傉檀几乎全军覆没，败得比均石之战还惨。沮渠蒙逊乘胜率大军进入南凉，包围了姑臧。很多人不是逃离就是投降，秃发傉檀被迫交出人质求和。

这次姑臧被围可以说是秃发傉檀继位以来遭受的最严重的一次危机，而就在这时国内又发生了叛乱事件，右卫将军折掘奇镇占据了石驴山，公开打出了反叛南凉的旗号。

秃发傉檀既担心沮渠蒙逊趁势再次进攻姑臧，又担心折掘奇镇攻打南凉后方的岭南地区。最终，秃发傉檀决定把首都重新迁回乐都，保障南凉建国时期的根据地。

没想到的是秃发傉檀一离开姑臧，局势就失去了控制，姑臧落到了北凉沮渠蒙逊的手里。

从公元406年六月秃发傉檀占据姑臧并定都于此，到公元410年因为内外交困而放弃姑臧、重新迁都乐都为止，只有短短的五年时间而已。秃发傉檀重新称王后，南凉被西北的北凉、东边的西秦和南边的吐谷浑先后夺去了武威、番禾、武兴、西郡、昌松、洮河等地，秃发傉檀所能控制的地区只剩下位于湟水流域的西平、乐都、湟河、晋兴、广武五郡而已，南凉的形势越来越危急了。

公元414年四月，乐都被西秦攻破，秃发傉檀和其子武台先后被炽磐所杀。南凉自秃发乌孤于公元397年建国，至414年灭于西秦，共历三主、十八年。其中傉檀在位就有十三年，在其兄利鹿孤在位的三年中，军国大事都委托于傉檀，所以，南凉政权的兴衰与傉檀的关系至为密切。总观秃发傉檀一生的政绩，从其制定的对内、对外的政策及历经的战役来看，他在十六国时期是一个比较杰出的人物。南凉建国后，主要活动区域在湟水流域，这里与陇西、河西比较起来，经济和文化发展较为落后。傉檀即位后，以湟水流域为基地，利用邻国之间的矛盾，采取较为正确的策略，"摧吕氏算无遗策，取姑臧兵不血刃"，显示了他的政治才能。在军事上，傉檀亲自指挥的战役很多，除后期的战役失败之外，其余战役都胜了。特别是对后凉吕隆及后秦姚弼之战，表现了他的军事才干。后期多次遭到失败，这固然与他本人轻敌和不接受臣下的正确意见有关，也与南凉后期力量衰弱、后方不稳有关。

过去史家都把南凉衰亡的原因，归结为傉檀的穷兵黩武。这种说法有一定道理，但实际上并不完全正确。因为南凉的邻国北凉、西秦同南凉一样，也是连年征战，不亚于穷兵黩武的南凉。由此可见，南凉衰亡的主要原因并不在于傉檀的穷兵黩武。

有学者提出，南凉衰亡的主要原因在于南凉本身的社会制度，以及由此而产生的日益尖锐的阶级矛盾和民族矛盾。南凉是一个军事封建的农奴制社会，秃发鲜卑贵族在西迁和定居湟水流域的过程中虽然接受了汉文化并逐渐封建化，但其奴隶制残余和游牧民族的习性仍然十分浓厚，表现在战争的掠夺性和对被统治民族的奴役性。秃发氏采用军事征伐手段，不断扩大对于从事农业生产的"晋人"的压迫和剥削，而广大的"晋人"则处于南凉军事贵族的控制下，处于近似农奴的地位。以秃发氏为首的军事贵族及与之结合的汉族豪门地主，与广大"晋人"及被奴役的其他民族人民之间的矛盾，成为南凉社会的基本矛盾。这些无法解决的矛盾又因南凉统治者对外的战争而更加尖锐，以致在南凉灭亡前几年，形成多年不种，连年不收，上下积弊的危局。最后终于众叛亲离，迅速走向灭亡。

6

从秃发鲜卑在曹魏末年迁入河西，与汉、羌等族杂处，直到建立政权，共130多年。在这一百多年的时间里，秃发部虽然没有被他族所融合、同化，但是他们仍然深受汉文化的影响。南凉建国的地区主要在河湟地区，这里的居民自秦汉以来，主要是汉、羌等族，秃发氏要统治这些民族，以解决汉、羌等族先进的封建制度与本族落后的原始社会末期社会制度的矛盾，就必然采取与之相应的政权形式。南凉政权是从氐族吕氏所建后凉政权中分裂出来的，因此后凉以及西秦、后秦等政权的政治制度，也必然对它产生直接的影响。而这些政权基本上沿袭了汉魏以来汉族所建政权的形式。因此，南凉政权也基本上是一个汉化了的封建政权，其政治制度是承袭了汉魏以来的旧制。南凉的政权机构和职官，基本上与汉魏以来汉族所建封建政权相合，但同时又有自己的特性。如南凉政权机构虽系仿照魏晋以来汉族封建机构而设，可是并不完全照搬，而是根据自己的国情有选择地设置。其中枢之官有三公中的太尉及尚书省、门下省、列卿的官职，但没有汉魏以来御史台，即主管刑狱部门的职官，说明南凉政权对法律、刑狱这方面是较为忽视的，这与秃发部直接由部落联盟进入封建社会，仍带有其落后的生产方式有关。又如南凉军事之官，较为完整和突出，这与南凉崇尚武力，经常掠夺土地和人口有关，也是秃发部原来落后的军事民主制的残余。

秃发乌孤统领部众后，史称其"养民务农、循结邻好"，说明秃发部及其统治下的各族人民，已由游牧逐渐向农业定居转化。

南凉政权政治制度的另一个特点，就是它大量吸收了河陇地区的汉族豪族和俊杰之士参与政权，并委任为各级官吏。因为南凉政权要在河湟等地存在下去，作为统治者的秃发氏就必然大力吸取历代汉族统治者统治河西广大汉、羌等族的经验，与当地汉族豪门士族相结合。在南凉政权中，汉族豪门及俊杰之士做官者不少，特别是在中枢、地方之官中，汉族官吏占一半以上。

秃发鲜卑建立的南凉，无论在政治、经济和社会制度等方面均继承了原河西汉族的传统，在文化方面也深受汉族的影响。在秃发鲜卑迁到河西到建立政权的130多年时间内，秃发部虽然保存着自己原有的部落形式和习俗，但由于与河西汉族杂处,仍不断吸收汉族的文化。秃发乌孤建立政权后,秃发部原部落组织开始解体,大批汉族豪门士族和俊杰之士加入了南凉政权,汉族文化和习俗逐渐占了主导地位。如利鹿孤在位时,接受史暠的建议,以汉族硕儒田玄冲、赵诞为博士祭酒,以教胄子。对秃发氏吸收汉族文化起了积极的作用。又如统治南凉达13年的秃发傉檀,也十分精通汉族文化。南凉秃发氏如此热心学习汉族文化,并且具有很高的文化修养,其他鲜卑贵族自然也不同程度地吸取汉族文化,仿效汉族的习俗。因此,南凉国内盛行的是汉语,流行的是汉族的服饰。《晋书·秃发傉檀载记》记载了他们的大量言论,有许多地方引经据典,完全像是汉族士大夫的口吻。由此可见傉檀对于汉族历史典籍的熟悉及对儒家学说的尊崇。

随着儒学的兴起和公私学馆的开放,河湟地区也和河西其他地区一样,表现出文化昌明的景象。这一时期的学术风气也是很浓厚的,尤其在史学方面更为突出。据文献不完全记载,当时编写的五凉史著作有11种,其中《拓跋凉录》10卷,集中记载了南凉的历史。

南凉秃发氏除了大量吸收汉族传统文化外,佛教也在国内流行开来。

南凉在河湟地区建国的时间虽短,但秃发鲜卑在此生活的时间却长达130多年,因此他们对河湟地区的开发和建设是有贡献的。南凉所领13郡中,除属凉州的五郡外,其余皆为河湟之地,基本上是沿袭后凉的建置。在利鹿孤和傉檀在位时期，河湟地区成为整个河陇地区最为繁荣的地方。这说明，南凉对于河湟地区的经济、文化发展起了促进作用。

西汉时期，赵充国平羌之战取得胜利之后，在湟水各地屯田，是中原文化进入河湟地区的标志性事件。两晋时期，鲜卑文化的加入使整个河湟地区进入了第二次文化交融发展时期。虽然南凉立国时间不长，但鲜卑文化对河湟文化仍然产生了深刻影响。

南凉王国距今已将近1600多年了，所留下来的文化遗迹现在只有两处，一个是西宁的虎台，也叫点将台，据说是当时南凉进行军事演练的点将台。后来，西宁市政府在此建成了虎台遗址公园。另一个重要的文化遗址就是南凉都城——乐都大古城。乐都是南凉的政治中心，其为国都时间最长。《晋书·秃发傉檀载记》记载：傉檀曾"大城乐都"，也就是说大规模地修筑乐都都城。南凉古城有内外二城，外城广大。清顺治年间的《西宁志》载："二城连环约三里。"该城遗址在今乐都城西5里的大古城村及其以北，南临湟水，北依裙子山，东西地势开阔平坦。据《乐都县志》载："系南凉国秃发乌孤国都旧址。"这座曾经的王者之城已湮灭在历史的尘烟中，但与古城相关的许多名称依然留了下来，如"北门壕子""南门台""古城角落"等，它们如岁月之手留下的一抹痕迹，默默诉说着秃发氏族从兴盛走向衰落的发展过程。近年来，海东市在乐都城区建设中专门新建了南凉遗址公园，也许人们在漫步其中时会想起那醉酒坠马的南凉王秃发乌孤，想起那英勇好战，最后又扼腕而叹的秃发傉檀。

除此，还有一处与之有关的地名，说利鹿孤继位后二年，西平当地民间传说"龙见于长宁，麒麟游于绥羌"群臣以瑞兆劝进称帝，唯独安国将军鍮勿崘力谏利鹿孤勿先称帝，以免成为众矢之的。利鹿孤采纳了鍮勿崘的建议，放弃了称帝的打算。据说今天的西宁南川河岸称作麒麟湾则来于此。

地名不仅仅是一个称谓，更是地域历史的化石，是一个区域历史文化的传承。乐都的大古城、小古城，西宁的虎台、麒麟湾，每一处地名都带着历史的印记，都封存着一段岁月深处的故事，进而赋予这个区域丰富的文化内涵，使我们感受到历史的厚重，常常不自觉地陷入一种怀想。

7

曾经的王者之城——南凉，在历史的尘烟中渐渐模糊，成为岁月长河中的一段遥远的记忆，但它的故事仍在继续。

公元414年南凉被西秦灭亡后，原秃发氏部族大部分为西秦所统治，另一部分投归了河西的北凉。

秃发傉檀的次子秃发保周和秃发破羌兄弟二人在北魏延和二年，投奔了北魏王朝。北魏太武帝拓跋焘善待了亡国丧家的秃发兄弟，封保周为张掖公，破羌为西平侯。秃发破羌投靠北魏后，知恩图报，跟随太武帝拓跋焘外出征战时，带头冲锋陷阵，屡立战功，多次受到太武帝的嘉奖。

北魏延和年间，居住在陇右地区的匈奴休屠部与羌人多次发兵，侵犯北魏边境，太武帝拓跋焘率兵亲征，在对河西、陇右情况非常熟悉的秃发破羌的协助下，太武帝拓跋焘率部进驻关中地区，将实力并不强大的匈奴休屠部制服，其他部落看到魏军所到之处，攻无不克，战无不胜，纷纷向拓跋焘投降。当关中平息之后，拓跋焘乘胜进击山西并州地区比较强大的山胡部落。

在进攻山胡部落时，被山胡设伏围攻，拓跋焘措手不及，坠于马下，几乎被擒，秃发破羌挺身而出，挥刀连杀胡兵数人，从重围中救出了拓跋焘。从此秃发破羌与拓跋焘结下了生死之交，后来经过仔细的研究部署，采用调虎离山之计，终于大败山胡部落，斩杀首领白龙，夺其城堡，大获全胜。秃发破羌在这次激战中屡立战功。太武帝拓跋焘回到国都后，召见了秃发破羌，在文武百官面前封为将军。太武帝对秃发破羌说："卿与朕同源，因事分立，今可为源氏。"从此以后，秃发破羌改为源破羌。

北魏太平真君十一年（450年），宋文帝刘义隆准备北伐。太武帝拓跋焘亲自率军南征，命源破羌为前锋，在今河南、安徽、江苏一带与宋军展开激战，由于源破羌指挥得当，英勇出击，是年底，北魏大军抵达长江北岸，取得了决定性胜利。从这次战役之后，源破羌被太武帝拜为殿中尚书，并赐名为贺，故源贺之名从此扬名天下。

北魏和平二年，源贺根据先儒著述，再结合自己长期的作战经验，完成了兵法《十二阵图》，呈送给北魏文成帝。

源贺不愧为北魏的一代名将，自投靠北魏王朝后，随太武帝拓跋焘征讨山胡，后又征服凉州，招慰姑臧，继又南征，大败刘宋大军，晋爵为公，最后拜为殿中尚书。文成帝时，以定策勋，更封为王。

源氏源于鲜卑，贵于源贺，之后历北朝，继隋、唐、宋数代，显赫于世，北宋末年南迁到南雄，南宋末再迁鹤山，成为地道的广府人。2006 年春，西宁市在修复虎台遗址公园时，源氏后裔闻讯联系，后经有关部门同意并邀请源氏恳亲团参加了虎台遗址公园开园庆典活动。在此期间，源氏恳亲团同省、市专家学者研讨了南凉国兴衰历史，源氏后裔讲述了他们祖上辗转迁徙到岭南，最后定居广东鹤山市雪乡的过程。

时过 1600 多年，回顾南凉发展历史，感慨万千。南凉所处的十六国时期，是中国历史上的大分裂时期，但也是由分裂走向统一的过渡时期。它上承秦汉，下启北朝隋唐，是我国封建社会发展中一个承前启后的时期。南凉是在豪强割据的社会形势下建立的地方割据政权，虽历时不长，但他对湟水河谷及河西地区的治理，还是取得了一定的成效。这一时期，汉、羌、鲜卑、卢水胡等民族杂居错处，互相影响，对后世多民族统一国家的形成起到了重要作用；儒、释、道相互渗透、相互影响、共同发展，不仅促进了本土文化的嬗变，更对后世影响深远。这不仅是北魏统一北方后进一步完成民族大融合的前奏，而且是魏晋南北朝这一历史时期民族大融合的重要组成部分，对中华民族在血缘上和文化上的融合与形成起到了重要的推进作用。

源氏族人经历的历史沧桑，也见证了一个北方民族融合发展的过程，源氏家族的历史在中国多民族多元文化交融中具有重要意义。

2021 年 5 月 21 日

后记：一个人的村庄

1

村庄从一条河流开始，傍水而居，依山而建，星罗棋布，宛如仙女手中散落的珍珠。麦浪滚动的田野，望不到边的绵延纵横的山脉，随处生长的树木，随意开放的花朵以及黄昏的暮霭中巷口传来的牛哞犬吠，都散发着独特而浓郁的家园气息。

湟水浇灌着我们幸福的根基，土地无数次收获了农人的汗水，我们关心着天气和农作物，关心着与劳动密切相关的节气、时令。多少年了，它们就像田野里的植物一样生长着，滋养着村庄的每一种生命。

当有一天，突然觉得庄廓像一只只小船漂浮在岁月的河面上时，我毫不怀疑村庄就是那百年码头。之所以产生这样的感觉，是因为青海东部城市群的建设，湟水两岸的十几个村庄面临着整体搬迁的命运。

我知道，村庄在它固有的宁静里早就透出一丝丝的骚动，有的人走出了村庄，接着又有一些人走出了村庄，他们离开田野，离开村庄，走向城市的身影，把一个个想走出村庄的年轻的心带向了远方，他们的目光被远方牵引着，离开村庄融入远方的城市一直是他们的梦想。

拆迁通告张贴在村口、广场等醒目的位置，家家户户都拿着拆迁补偿方案估算着能获得多少补偿款，一时间村庄的宁静被彻底搅散，期待、喜悦、困惑、不舍等各种复杂的情绪弥漫在村庄的各个巷道。

其实，年轻人们早就不甘于现有的生活，近年来纷纷走出村庄，进城谋生，寻求财富、梦想，许多庄廓空了。但这种现象是逐步、缓慢地发生，也许有些人是默默地准备了很长时间才下定决心进入城市寻求发展的机会，也许有些人在陌生的城市奋斗多年才有了定居下来的基础，这些在无声无息中发生的变化既有一个过程，也呈现出一种趋势。

但一下子，十几个村庄，几万人就这样离开故土，先要过渡，待安置区建成后才能搬入新居，突然来临的巨变让村庄和长期生活在村庄里的人们有了一种复杂的无法言说的心理体验。在我的印象中年轻人几乎都陷入了难以言表的喜悦，对农村的厌弃，对土地的厌弃几乎是不加掩饰。城市，这是几代人的梦想，但透过年轻一代的喜悦我也看到了一些中年人的困惑和无奈，还有那些被搬迁的期待遮掩住的眷念和不舍。

2

我的童年生活在乡村，后来又长期在乡镇工作，对乡村有一种割舍不下的感情，在我人生的旅途中更多的是乡村的痕迹。作为整个拆迁过程的参与者，我既为搬迁群众能跨越式进入城市感到高兴，又为他们的未来怀着一种隐忧。

在平安驿曾有一个石壁村，是依山而建的脑山回族村，平安至化隆的公路从村中穿过，是当时从西宁方向进入黄南的主要通道，西宁与黄南两地往来车辆在翻越横亘在平安与化隆之间海拔3300多米的青沙山时都习惯于在此地停留休整，以地理优势石壁村纷纷开起了饭馆，一个个主营面片手抓的清真餐馆在青沙山下应运而生，最多时达20多家，每天用餐的过往人员达4000余人次，从业人员达100多人。石壁村，专因过往的车辆暂时停顿而兴旺起来，后来随着平安至阿岱高速公路的建成，许多车辆穿越青沙山隧道绕过石壁村行驶，使曾经热闹繁华一时的石壁村迅速地凋敝。

在这个一切都在迅速变化的时代，一条高速公路的建成，会使行驶在路上的车和人行进与停留的节奏发生变化，也会使路边的村庄随之变化，于是，一些曾经热闹一时的村子冷落了，另外一些应和了新的交通节奏的村子又在仓促间热闹起来。

我对石壁村印象深刻，见证了石壁的繁华，也了解感知了那种繁华过后的孤寂与困顿，好几次我到化隆循化下乡，特意走老路经过这里，总是禁不住多看一眼，多回味一番。

在青沙山这般重要的地理节点上，自从高速公路贯通后，行人不必再像过去那样经历冰雪中行驶的危险，但因此也就没有了在阳光下，在风雨中蜿蜒缓行的细致感受，更谈不上黄昏时站在那青沙山梁的高处，极目远眺时从山水的苍茫中欣赏到令人沉醉的自然风光，感受到那厚重的沧桑岁月。

后来在平安区看到几家名为石壁面片或石壁手抓的餐馆时，我突然想，在一个时代前行的过程中，因为发展对那些可能造成边缘化的人和地方能否多一些关注，多一些扶持，不要使这些人和地方在时代的进步中经历阵痛。

3

没有人能把一条路走完，没有谁可以在古老的村庄把一生的梦做完。面对十几个村庄几万人的整体搬迁，我知道在工业化、城市化的快速进程中，这是必须要经历的一个过程，但我仍然希望能给他们更多的关注，关心每个具体的人的命运。

欣慰的是，决策者着眼未来，顶层设计，集中安置区按照低密度、小街区、全配套、高绿化的设计理念建设成了一个现代化的新城区。在搬迁过渡期间政府给群众发放过渡费、取暖费，在土地征收后对 60 岁以上的老人落实养老保险，在群众回迁入住后三年内按比例给予物业补贴等，使搬迁群众在时代前行中共享到发展的成果。更加感受到温暖的是，对搬迁群众原先经营小有规模的餐饮业、板材加工、彩砖加工等各种小企业重新规划建设予以扶持，并在新城区物业管理和城市管理中尽可能创造就业岗位安置搬迁群众。曾经的田野和房舍上盖起了一排排的厂房，十几个村庄的农民从农村进入城市，从庄廓院搬进了高层建筑。虽然园区产业发展滞后，还不能完全保障和满足群众的就业需求，但我几次到安置区与群众闲聊，仍然感受到了他们对居住环境的满意，对明天还是充满着信心。

我知道在城镇化的进程中，很多植根于乡土的记忆将渐渐模糊，但不会完全被历史淹没。我更清楚，成为一个真正的城市人，他们还将需要漫长的时光，这不仅仅是提供一个稳定的就业岗位，还需要从生活方式、文明素养、自我管理等方面引导，甚至需要几代人潜移默化的濡染和浸润，才能彻底融入城市中。

4

每个人的生命里都会有一些难以割舍的人和事，对于我来说，最能牵动我的故乡之物就是屹立在村庄三岔口的我家的那棵老榆树，记忆中的大树撑起了村子的公共空间，尤其是在耕作季节，劳累的人们多会在这里休息闲聊，这里是村庄的信息发布台，也是村庄的道德评判台。

在石家营村的拆迁过程中，有一个老人每天都从过渡期间的居住地来到拆迁现场，注视着生活居住了多年的村子消逝的整个过程，他对拆迁人员说，尽可能把他屋前的那棵沙枣树保留下来，拆迁人员不解地问他原因时，他说，有了这棵沙枣树，以后这里不论建成什么样子，他都能找到自己曾经的家，我听说此事后，眼睛湿润。

每个人进入一种全新的生活状态时，是否都有想忘记但却必须记得的历史，是否都有想留下，却又无法留下的情感的寄托。

人拥有了财产，并不等于就拥有了家园，家园是把人与这些田野、山岭、房屋、树木等联结起来的那个东西，或许这个东西就是沉淀在这些事物之上的人的岁月和希望，是感受着生命意义的人的灵魂。

这些树都有自己的记忆和生命。

也许有人不会理解因离开故土家园时而独有的那种刻骨铭心的疼痛。

我参与了互助县高寨镇部分村的拆迁和建筑垃圾清运的工作，记得在西村清运垃圾时，发现一户人家院内的一口井，井水充盈，可以想象在自来水未通之前，主人肯定用这井水浇灌院内菜园、花草、树木，从井台四周贴面的瓷砖可以想见这户农家的主人是如何细致地打理着生活。

　　这使我想到我的父母，他们一生都在田野辛勤劳作，后来被我接到县城居住，一下子离开了农家小院，离开了挥洒汗水的土地，他们仿佛缺失了什么东西，刚搬到县城的那几年，他们总是习惯于乘坐班车到几公里外的老家院子，种植蔬菜，修剪果树，尽管院内已无人居住，但那些栽培的花仍鲜艳地开着，充满回忆的气息。到后来，两人年纪大了，走动不方便了，便在居住的屋前用盛土的木箱，用大小花盆种植了蒜苗、黄瓜、辣椒、西红柿等蔬菜。现在有了一处小院更有了劳动的热情和干劲，随着季节变换，种植的时令蔬菜我们兄妹几家都吃不完。他们对土地的那份依恋，远远超过了土地本身，只要拿起那闲置的农具，只要走进那不到一分地的小菜园，就会使他们找到一种亲切和踏实。我相信，因为他们对土地和村庄的深刻铭记，即使在积雪覆盖的田野也总是能清楚地看见那做着发芽梦的种子。

5

　　安置区建成后，领导安排我给那些城区的街道命名，我探寻着这块土地的历史，我经历了这块土地的拆迁建设，我见证了这块土地的变化，五年的时光，这里也有我的记忆和生活。除了几条主干道用历史渊源来命名外，那些小区之间的街道根据搬迁群众的居住状况，我用被拆迁的乡镇和村庄的名字来命名这些新建的街道。就是想尽可能留下点什么，哪怕只是一个记忆的符号，使在那些村庄里留下了许多生活经历的人，走在街道里，犹如走在村庄温柔的梦乡里，在清晨和黄昏应有的秩序里，感受到各种小草和河水融合散发出的早春的气息，能够在被城市的街灯照耀的已经有些遥远模糊的月光下看见自己内心曾经的焦虑，并在岁月的角落里，发现那些被遗忘的情节。

饱满的大地将一切给予了我们，我们又能给予大地一些什么呢？

多年来，我们期待的不就是走出村庄，走进城市吗？

一切仿佛梦中，从梦中醒来，真实就在眼前。

是那道光啊，一闪间，竟让我同时看清了幸福和悲伤的面孔。我想起不知哪位诗人的一句话：当我们面对灯火时，却从此有了对光明的惆怅。

我突然无端地忧伤起来，想从头到尾铭记成长的过程，铭记村庄给予我的一切。

故乡，从此，你就是我的远方了。

6

时光可以冲淡记忆，却能在村庄的手心里，把最好的梦留成永恒。

我的朋友王文中近年来把文学创作的方向和摄影的主要

精力锁定在河湟民俗文化最具核心价值的事物，搜集和拍摄了河湟谷地的许多古老村庄，以真实的影像记录和充满诗意的语言，记录和展示了近百个特色鲜明的自然村落和村舍建筑。正如他在《远逝的村庄》自序中所言，记录下传承了几千年的原始村庄和村庄最后的建筑，记录下蕴含其中的民俗文化和民间艺术遗存，对我们来说，有着非同寻常的历史价值和文化意义。这些古老的民居建筑，它不仅仅是人们赖以生存的居所，而且承载着一种精神、文化情感和思想。

村庄是什么？他说，村庄是那颗悬挂于早晨田野草茎上的露珠，村庄是一首消失于远处炊烟中的歌谣，村庄是灵魂，是根，是我们的精神家园。

7

北方有雪的夜晚，总是容易唤醒回忆，几棵孤独的杨树静静地守望着记忆中的村庄，感觉时光和距离正跟随自己的意愿组合在一起，沿着出走的方向，我回眸凝望，在积雪的映照下，我看见村庄的一切都饱含深情。我想把所有珍藏的细节连成完整的故事，让自己幸福地生活于其中。生活在继续，村庄就站在岁月的河流中，并且一直陪伴着我的青春和成长，作为象征，我可以准确地找到最干净和最温暖的地方。

正如今夜，我能够感受到远处的注视，是牵念的月光；我能够听到远方的声音，是思念的倾诉；我能够拥有远处的关怀，是理解和觉悟的结果。

就在此时，在城区边缘的一个"花儿"茶社，我听到了纯正的来自田野的"花儿"，仿佛一缕来自旷野的风，那么沁人心脾。

刹那间，这声音淹没了城市的喧嚣，就像一个浪驱赶着另一个浪，此刻，我不知道在这城市的一隅，还有多少人被真实地感动。

我突然觉得，这些深深依恋着土地的人们，无论走到哪儿，都会把自己的根以别人无法知晓的方式，牢牢地守护着，而把内心的苍凉轻轻遮掩住，家乡就是我们吟唱的一首歌谣。

其实，村庄一直植根于一片土壤并未离去，是我们义无反顾地离它而去，但离开后的人们对它的牵挂是真实的，因为村庄养育了我们的生命和少年的梦，在我们的生命里留下了无法抹去的印痕。一个深爱着村庄的人，村庄就是他的精神世界。

在每一个人的心中都有一个村庄，有一个被时代的车轮碾过而又在岁月的光影里依然隐显的记忆。

今夜，我只想给记忆找到一个起点，像日出照亮露珠的梦；然后，再给回忆找到一个结尾，因为那全新的生活正在无边无际地展开，犹如犁铧再次奔跑在广阔的田野里种满梦想和温暖。

让我们深深地祝福。